# Più fuoco, più vento

Signore, insegnami a intraprendere un nuovo inizio, a rompere gli schemi di ieri, a smettere di dire a me stesso "non posso" quando posso, "non sono" quando sono, "sono bloccato" quando sono totalmente libero.

Rabbi Nachman di Braslav
(1772-1810)

um herum

klarlaut

bestimmt

## Adattarsi alla mediocrità?

*26 settembre*

Ieri, ricevendo la tua lettera, mi è tornata in mente la nostra ultima passeggiata nei boschi intorno a casa. Ho dovuto insistere, ricordi? Tu avresti preferito rimanere seduta sul prato. «Sono triste», dicevi, «mi sento troppo stanca per muovere un passo.» Siamo uscite ugualmente. Per una semplice chiacchierata, il prato o la poltrona vanno benissimo, ma se i pensieri sono tanti e le emozioni ancora di più, è meglio mettersi in movimento. Camminare aiuta a fare chiarezza, a vedere, a sentire con più precisione.

L'aria era ancora fresca, i prati verdi, pieni di fiori; sui rami dei castagni cominciavano a spuntare le infiorescenze. Per un po' siamo state in silenzio, poi, appena entrate nel bosco, ti sei fermata e hai sospirato. «Non ce la faccio più.» Ti sei guardata intorno con aria smarrita. «Che senso ha?» Da due mesi era morto tuo padre, all'improvviso, e quanto alla tua fresca laurea, ti sembrava un'inutile scartoffia. «Capisci», mi hai detto, «per anni ho studiato, lottato, fatto sacrifici, senza chiedermi che senso avesse. Ho tutto quello che una persona può avere per essere felice e non so che farmene. Mi alzo la mattina e piango, la sera quando vado a dormire sto ancora piangendo. Poi, durante il giorno, a tratti mi viene una grande rabbia, voglia di rompere tutto.»

Su consiglio di un'amica ti eri rivolta a uno psicologo. Due volte alla settimana andavi da lui a parlare dei tuoi problemi.

«Come ti senti dopo?» ti ho chiesto.

«Per un po', meglio. Esco e ho la sensazione di essermi liberata, di aver lasciato dei pesi in quella stanza. Ma il giorno dopo sono tutti di nuovo là, tanti sassi nello stomaco.»

Avevamo raggiunto la sommità della collina. Ci siamo sedute su una pietra. In fondo si intravedevano le sagome scure dei monti e lo specchio più chiaro del lago di Corbara. Soffiava una brezza leggera.

«L'altro giorno gliel'ho detto», hai continuato, «e lui mi ha spiegato cosa rappresentano i sassi. I sassi sono i nostri limiti. Quando sfumano i sogni dell'adolescenza, ci si trova davanti a quello che siamo realmente. Per questo si è tristi. Crescere vuol dire imparare ad accettarsi, ad accettare questa condizione...»

«Quale condizione?»

«Quella del grigiore, della mediocrità.»

«E perché dovremmo adattarci?»

«Be', perché la vita è così... così grigia, inafferrabile.»

Tutte le colline davanti a noi erano coperte di grano e di orzo, assieme ai papaveri e ai pochi fiordalisi ondeggiavano dolcemente come un unico mare verde. Su quel mare qualche allodola volava cantando. Per un po' siamo rimaste in silenzio, poi ti ho chiesto: «Ti sembra mediocre tutto questo? Ti sembra grigio?».

«Oh no, qui è bellissimo.»

«Allora, perché vuoi rinunciare alla bellezza?»

«Non lo voglio, ma non sono in grado...»

«Di far che cosa?»

Ho visto smarrimento nel tuo sguardo quando hai detto: «Non lo so».

Molte persone vogliono farci credere che la nostra vita non sia molto diversa da quella dei topi negli stabulari. L'acqua e il cibo vengono forniti ogni giorno, possiamo annusarci con i nostri simili delle gabbie confinanti, la luce ci viene accesa e spenta regolarmente, c'è il riscaldamento e quindi dobbiamo accontentarci perché di sicuro ci sono altri topi che vivono con più rischio e meno conforto di noi. Guai a immaginare un fiore, ad emozionarsi davanti al suo colore!

In un mondo in cui gli unici sogni permessi sono quelli che si possono comprare, la felicità è diventata soltanto un attributo del possesso. La realizzazione di sé, che è – o dovrebbe essere – il cammino di ogni vita, consiste ormai perversamente soltanto nella rassegnazione e nell'appiattimento. Mi realizzo nell'adeguarmi, nel compiere i gesti degli altri senza mai interrogarmi. Mi realizzo, non realizzandomi, perché la società non mi concede altro, perché ho solo due gambe, corte e da nessuna parte mi spuntano le ali. Ma è davvero così o si tratta soltanto di un alibi? Di una forma di pigrizia mentale?

Basta fermarsi un istante ad osservare il mondo della natura che ci circonda per renderci conto che tutto parla dell'inquietante gratuità, fragilità e bellezza delle forme viventi.

Per quanto ci sforziamo di vivere in scatole sotto vuoto, il mistero splende intorno a noi e ci suggerisce la strada da percorrere. Non esiste mediocrità, grigiore. Esiste soltanto la nostra paura. Paura di crescere, paura di aprirsi alle emozioni. Paura di scoprire che non c'è alcuna gabbia intorno, ma soltanto libertà, aria. E, se alziamo appena lo sguardo, lo spazio infinito del cielo.

# L'inquietudine non è fuga, ma ricerca

*3 ottobre*

Mi scrivi che è in te sempre più forte il desiderio di partire. Non hai una meta né uno scopo, hai solo voglia di lasciarti alle spalle tutto ciò che conosci e che ormai ti sembra vuoto.

L'inquietudine è stata la compagna anche della mia vita, una compagna a volte discreta, a volte assolutamente invadente, per cui comprendo perfettamente il tuo stato d'animo. A dieci, dodici anni ero già insofferente di tutto: quando ero in un posto avrei voluto essere altrove, se facevo una cosa pensavo soltanto a un'altra che avrei voluto fare. Mi sentivo sempre fuori posto. Per molto tempo ho creduto che si trattasse di una sorta di malattia. Solo crescendo ho capito che l'inquietudine è un segno di salute e che, come tutti i segni di salute, produce energia. Un'energia che può essere negativa, se la rivolgiamo contro noi stessi, o positiva, se ci spinge ad andare fuori, ad aprirci, a cercare risposte.

Per natura ho un temperamento opposto a quello del viaggiatore, eppure, in qualche momento della mia vita, anch'io ho provato un disagio così forte da costringermi a partire. A quel tempo mi sembrava di avere dentro un groviglio di fili. Non erano fili di lana ma elettrici, le loro estremità saettavano come serpenti, si toccavano creando cortocircuiti. Partendo, movendomi, speravo che il nodo cominciasse a sciogliersi, lasciandomi in mano il bandolo giusto.

Se ti dicessi che quei viaggi sono stati delle belle esperienze, ti mentirei. Sono stati delle vere e proprie spedizioni all'inferno. Finché vivi l'inquietudine nel tuo mondo, in qualche modo riesci a contenerla; nel momento in cui ciò che ti è familiare scompare, ti trovi sola davanti alla tua nudità, alle tue domande, alle tue paure. Non puoi più distrarti, non puoi farti consolare, non puoi fuggire.

Molte volte in questi anni mi sono sentita ripetere: Beata te che hai le idee così chiare, che sai sempre cosa fare! Le persone che invidiano la mia supposta sicurezza, il più delle volte non hanno mai fatto un passo che non fosse già stato tracciato da altri. Sono salite sull'autobus, hanno trovato un sedile vuoto e vi si sono mollemente accomodate. Con il sommarsi dei chilometri, però, si sono accorte che non era poi così confortevole come sembrava e che il panorama, visto sempre dalla stessa angolatura, era piuttosto monotono. Allora si sono guardate intorno, cercando un'alternativa. Cosa fare? Alzarsi in piedi? Cercare un altro posto? Scendere dall'autobus? Sì, sarebbe stato possibile... Ma poi il nuovo posto sarebbe stato davvero più comodo? E se qualcun altro fosse arrivato prima e l'avesse occupato? Un viaggio in piedi non è certo augurabile... per non pensare alla spaventosa ipotesi di restare soli in mezzo a una strada sconosciuta, senza sapere dove andare. Così non resta che accontentarsi e rimanere seduti al proprio posto. È scomodo, pazienza, ci si abitua. Il panorama è monotono, ma basta chiudere gli occhi e schiacciare un pisolino. Tra il rischio e la noia, alla fine è sempre più rassicurante la noia.

La natura ci parla ininterrottamente di sviluppi, crescite, maturazioni. Perché mai noi dovremmo sfuggire a questa legge, sederci e attendere che arrivi, ineluttabile, il nostro destino di morte? Quel desiderio di muoverci che ci assale a diciotto, venti, ventiquattro anni non è dunque una fuga ma una fondazione. Perché non c'è vera vita senza ricerca di noi stessi, del nostro volto profondo, trascendente, senza il rifiuto della maschera che ci è stata imposta.

# L'uomo nobile

*10 ottobre*

La fine dell'estate porta sempre con sé una sorta di sfinimento. Nell'orto, i pomodori sono attaccati dalle cimici, delle zucchine resta solo qualche foglia ingiallita, i pochi cespi d'insalata sono ormai sfioriti. L'orto è desolato e la casa sottosopra. Al mio disordine e al disordine delle persone che vivono con me, si è aggiunto in questi mesi il disordine degli ospiti. Gli oggetti sono sparsi per la casa senza alcun senso logico, matite colorate e album sbucano un po' dappertutto, accanto a giochi di società, racchette spaiate, libri, cappelli, scarpe, guanti da giardino e striglie per i cavalli. Ogni tanto, lo ammetto, mi vengono degli attacchi di furore: «Possibile che in questa casa non ci sia neanche una persona ordinata?!». Ma è così, il simile attira il simile e forse è meglio perché la convivenza tra un ordinato e un disordinato deve essere qualcosa di non molto diverso dall'inferno.

L'estate lascia lo sfinimento nelle case, nelle cose e la spossatezza nelle persone. Ci sono stati tanti incontri, tante storie, tanti pranzi, cene, picnic, momenti trascorsi insieme a chiacchierare, a ridere, a parlare di cose profonde. Subito dopo ferragosto, però, comincio ad avere un'assoluta sete di silenzio. Agogno la penombra, l'aria fredda, le giornate mute, il telefono che tace, le lunghe ore di studio, le passeggiate con il cane nel bosco. I primi di settembre vado di solito per un po' in montagna, quando rientro comincio a preparare la casa per l'inverno. Faccio il cambio di stagione, butto via i giornali vecchi, riordino i cassetti.

Proprio facendo questo, oggi ho trovato il regalo che mi ha lasciato Shen Mei, prima di partire. Ti ho mai parlato di lei? Quando viveva ancora a Roma, Shen Mei è stata la mia maestra di calligrafia cinese e, in breve tempo, è diventata anche una mia grande amica. Quest'anno, di passaggio per l'Italia si è fermata qualche giorno qui in campagna. Prima di partire ha tracciato un grande ideogramma e me l'ha regalato. «Cosa vuol dire?» le ho chiesto. «Non lo immagini? Vuol dire nobiltà...»

Nobiltà! Su questa parola era nata la nostra amicizia!

Credo che sia stato già al nostro secondo incontro che ne abbiamo parlato. Il giorno prima, Shen Mei aveva avuto una brutta discussione con un amico. «Perché non diventi più nobile?» gli aveva detto. «Essere nobili?» le aveva risposto, sprezzante. «E a cosa serve? Non viviamo mica nel mondo delle fiabe!»

Quando mi aveva raccontato questo episodio, il mio cuore aveva fatto un piccolo salto. Quella parola che da tanti anni covavo dentro di me – nobiltà – qualcuno l'aveva finalmente pronunciata e non con irrisione o arroganza, ma con stupore, affetto, con la certezza che dovesse – e potesse – essere un programma di vita. Dalle nostre parti, le avevo spiegato, la nobiltà ha di solito un aspetto piuttosto concreto, fatto di stemmi, blasoni, particelle aggiunte ai cognomi. Gli altri aspetti, quelli correlati all'animo umano, sono ormai ignorati.

In una società in cui il materialismo impera indiscusso, la nobiltà riconosciuta è solo quella del sangue. L'altra, quella disponibile per tutti, la nobiltà d'animo, è ormai scomparsa dai nostri orizzonti. Neanche la chiesa osa ormai parlare dell'uomo nobile. Eppure nell'Antico e nel Nuovo Testamento l'uomo nobile compare con una certa frequenza. Non cavalca bianchi destrieri e non è seguito da cortei di damigelle, è semplicemente un uomo che ha aperto il suo cuore alla Sapienza, lasciandosi alle spalle gli abiti confusi dell'ego e dei desideri, delle idee e delle volontà. È un essere che non agisce, ma si lascia agire. Che, invece di insultare, perdona. Non arraffa, ma cede.

L'anima nobile crea sconcerto intorno a sé ed è questo il suo grande, involontario compito. Essere lievito, polline. Rompere ciò che era noto, far crescere ciò che era ignoto.

## Il corpo e l'anima

*17 ottobre*

Finalmente la temperatura è scesa e ho potuto accendere la stufa. Tra tutte le stagioni, l'autunno è la mia preferita. Quando arriva, provo sempre una sottile felicità. Mi sono chiesta tante volte a cosa sia dovuta questa preferenza. Al fatto di essere cresciuta al nord, o di essere nata in questa stagione? Forse è proprio così, si è inclini a preferire la stagione in cui si è venuti al mondo. Se l'aria, la luce, l'acqua, la luna influenzano la crescita delle piante, perché mai non possono influenzare anche le nostre essenze più profonde? La nostra civiltà occidentale inorridisce davanti a simili ipotesi ma altre culture, come ad esempio quella cinese, si sono interamente costruite su questo impalpabile fattore.

Mi parli della terribile insonnia che ti ha colpito poco dopo la morte di tuo padre. *Stranamente*, mi hai scritto, *per quasi un mese ho dormito come un sasso. Poi, da un giorno all'altro, non ho più chiuso occhio. Di giorno mi sento stanca, sfinita e il malumore, che già c'è, cresce a dismisura.*

Chi ti può capire meglio di me! L'insonnia è stata una delle prime compagne della mia vita. Andavo all'asilo e già non dormivo. È stata proprio l'insonnia a farmi scoprire l'agopuntura, ben ventisei anni fa. Il medico che mi avevano segnalato stava in una casetta di campagna circondata da fiori. Non era un santone né uno stregone, ma il medico condotto di un paese vicino al mio. Ricordo che era molto anziano e che la sua stanza era immersa in una piacevole penombra. Sono rimasta sdraiata venti minuti con tutti gli spilloni addosso, poi me ne sono andata convinta che non fosse successo assolutamente niente. Due ore dopo – ero in una gelateria con un'amica – ho cominciato a sbadigliare come non mi era mai successo e per poco non mi sono addormentata direttamente lì, al tavolo.

L'Oriente ci porta in dono una grande sapienza perché conosce la cura dell'uomo nella sua totalità, in base alle sottili e potenti energie che lo legano al cielo e alla terra, all'universo con il quale è stato creato. Nonostante questa ricchezza, però, è un mondo che in molti provoca ancora diffidenza, se non addirittura terrore. Quante volte mi sono sentita dire: «Sei sicura che non sia tutta suggestione? E poi, come stanno insieme queste pratiche con la fede? Insomma, un credente non dovrebbe...». Ogni volta che sento queste parole provo un certo disagio. Che senso hanno questo tipo di paure?

Molte persone credono che la vita sia fatta di compartimenti stagni. Ci sono cose adatte solo a certe persone. Cosc giuste e cose da ridicolizzare. Senza capire che questo tipo di atteggiamento non fa altro che imprigionare le vite, renderle caparbiamente fisse in una sola dimensione. Ma l'uomo è uno, la sua natura è, a un tempo, straordinariamente universale e straordinariamente individuale. Lo Spirito Santo non agisce solo per i cattolici o per i cristiani. Lo Spirito agisce, nella creazione, spargendo costantemente i semi della sua sapienza. Tutto ciò che aiuta un essere umano a diventare migliore, proviene da Lui. Tutto ciò che ci fa essere più forti, più saggi, più sani, è un Suo dono. Chi si affida allo Spirito, non può conoscere il sentimento della paura, e non indietreggia davanti a niente, non chiude gli occhi, non gira la testa, perché ogni cosa, anche la più apparentemente inaccettabile, ha un senso per lui.

Personalmente, pratico yoga da molti anni, oltre a curarmi con l'agopuntura e l'omeopatia. E questa pratica non mi ha portato a confusione, o allo stordimento in chissà quali "paradisi spirituali", bensì a una straordinaria lucidità, a un'energia e a un equilibrio psicofisico che mi permettono di affrontare sempre gli impegni con serenità. Lavorare sul lato più nascosto del corpo, vuol dire entrare in contatto con la sua spiritualità più vera. Con la spiritualità che non nasce dalla testa per scendere debolmente al cuore, ma nasce in quel misterioso punto situato sotto l'ombelico che i giapponesi chiamano *Hara*.

Secondo le tecniche orientali, è proprio quello il punto in cui le nostre cellule hanno cominciato a moltiplicarsi per formare l'individuo che siamo poi diventati. Quel puntino, insomma, è la nostra origine. Ed è proprio in questa origine che dobbiamo tuffarci, se vogliamo aprire la mente e il corpo ad una dimensione più grande. Quanti falsi problemi, quante nevrosi, quante domande inutili svanirebbero, se le persone fossero abituate a far parlare lo Spirito attraverso il corpo!

## “L’amore richiede forza”

*24 ottobre*

Anche se non sono più in età scolare da diversi anni, continuo ad avere la sensazione che l’inizio del nuovo anno non sia dicembre, ma ottobre. Quando ero bambina, infatti, le lezioni non cominciavano in settembre come adesso, ma appunto il primo di ottobre. Ricordo ancora l’eccitazione alla consegna del nuovo sussidiario. Lo sfogliavo con delicatezza, per non sciuparlo, spiando le figure colorate che lo costellavano: gli Orazi e i Curiazi; Cornelia, la madre dei Gracchi; le Alpi Graie, le Cozie, le Pennine... Quante cose da imparare c’erano al suo interno!

Avevo sempre tante domande in testa e speravo che la scuola mi avrebbe aiutato a trovarne le risposte. Ma, alla felicità ansiosa dei primi giorni, seguiva sempre la delusione. La scuola non era il luogo dell’esercizio della conoscenza ma della noia e del terrore. Si dovevano imparare poche cose e per niente interessanti. Quanta torta mi rimane, se ne mangio quattro quinti? Che importanza poteva mai avere? Perché dovevo imparare cose così complicate per una semplice merenda? Se qualcuno mi avesse detto: «Prendi pure sei ottavi di torta», avrei risposto semplicemente: «Non ho fame, grazie...».

Adesso, se un bambino non riesce ad apprendere, per prima cosa si consultano genitori e psicologi, si fanno test e prove allergologiche, ma ai miei tempi non era così. Non sapere, non volere e non riuscire a rispondere erano fonti di vessazioni difficilmente sopportabili da un'anima sensibile.

Quante cose sono cambiate in trent'anni nel mondo dell'educazione! Da animaletto bisognoso di essere forgiato, il bambino è diventato una creatura a cui si tributa, almeno a parole, un rispetto che spesso sfiora l'adulazione. Tutto gli è dovuto, l'intera giornata ruota intorno al suo appagamento. Tra il desiderio e la sua realizzazione deve intercorrere un tempo minimo. Ogni suo errore è un presunto errore perché in realtà è frutto di una sofferenza insondabile che non siamo stati in grado di comprendere. Così anche una sua piccola mancanza è in realtà una nostra colpa, o meglio, un nostro senso di colpa.

Rispettare il bambino è un grande passo avanti nella dimensione salvifica della storia. Ma il rispetto deve essere vero rispetto. Per essere autentico, deve tenere conto dell'identità e delle diversità che vogliamo tutelare. Nel momento in cui diventa un grande minestrone con troppi ingredienti, qualcosa non è andato per il verso giusto.

Non intervenire, servire incondizionatamente, incolpare delle mancanze costantemente fattori esterni, privilegiare sempre e comunque l'individuo a scapito della comunità non vuol dire aver compiuto una rivoluzione pedagogica bensì essere scivolati nella palude dell'ignavia educativa.

"L'amore richiede forza." Nella prima lettera che mi hai scritto, quando ancora non ti conoscevo personalmente, citavi questa frase di *Va' dove ti porta il cuore* come una di quelle che maggiormente ti avevano fatto riflettere. Ti avevo raccontato allora che una delle persone che aveva letto il dattiloscritto, era rimasta talmente colpita proprio da questa frase da suggerirmi di toglierla prima di darlo alle stampe. «È una frase fascista, non puoi lasciarla lì.» «Non capisco» mi avevi risposto. «Non capisco, cosa c'entra l'amore con il fascismo?»

Niente, infatti. Ma ha molto a che fare con la confusione culturale che si è creata a partire dagli anni Settanta. È stato allora che è nato il grande e ottuso spartiacque tra ciò che è buono e ciò che non lo è. La "forza" è negativa perché appartiene all'orizzonte culturale della destra, così come la nobiltà è da disprezzare perché simbolo di un privilegio.

Sono passati quasi trent'anni e questi cliché sono ancora ben fissi nella testa di molte persone. Epurando un termine dopo l'altro, si è riusciti a mandare in esilio l'essenza più profonda dell'uomo. Con notevole autolesionismo, ci siamo svuotati e rimpiccioliti e abbiamo esaltato questo nostro vuoto e questa ristrettezza come il migliore degli stati possibili. È una follia, vero? Eppure passa per la più saggia delle normalità.

# La paura del silenzio

*31 ottobre*

Questa mattina, andando a dare da mangiare alle capre, sono passata sotto il vecchio castagno. Il suo tronco è ormai cavo e spaccato in più punti, molti rami sono completamente spogli. Non so quanti anni possa avere, penso intorno ai cento e forse più. Non è stata l'età a ridurlo così, ma il cancro che ha ormai colpito tutti i castagni della zona appenninica. Anni fa ho sentito dire che l'origine di questa malattia è da ricercare nelle casse delle munizioni portate dagli Alleati nell'ultima guerra. Erano di castagno, il legno era malato e così il cancro si è diffuso. Sarà vero? Quello che so è che il mio albero, come tutti quelli intorno, ormai esiste solo per metà, forse anche meno, e un giorno purtroppo non lontano dovrò abbatterlo. Ma intanto la parte viva è perfettamente viva, produce foglie abbondanti e sane e i primi di agosto si copre di quelle piccole sferette pelose che adesso sono diventate castagne.

Assieme alla quercia, il castagno è uno dei miei alberi preferiti. Tanto la quercia è austera, altrettanto il castagno è cordialmente familiare. Per quanto vecchio sia, non perde i rami bassi e, nell'aria torrida d'agosto, offre una cupola verde e fresca sotto la quale ripararsi.

In questi anni, molte persone, venendomi a trovare, mi hanno chiesto: «Ma non ti annoi a vivere sempre qui?».

La noia, assieme allo spauracchio del tempo libero, è una delle ossessioni del nostro tempo. Per averne la conferma, basta prenotare un qualsiasi albergo in una qualsiasi località di vacanza. Che sia al mare o in montagna, a nord, a sud, a cinque stelle o a tre, si è comunque costretti a sopportare il flagello dell'animazione. Discoteca, aerobica, quiz demenziali, giochi goliardici; per chi voglia vivere serenamente il riposo, non c'è un attimo di pace. Chi se lo può permettere, si precipita al mare in aprile, maggio o ottobre, quando gli animatori riposano nelle loro tane. Agli altri non resta che sopportare.

Il novanta per cento delle persone che ho incontrato in questi anni nei luoghi di vacanza mi ha confessato di non sentire alcun bisogno dell'animazione ma di subirla come una sorta di castigo inevitabile. Come controprova, conosco un piccolo campeggio, uno dei quattro o cinque rimasti in Italia che non pratica questa barbara usanza, in cui bisogna prenotare la piazzola con almeno un anno di anticipo!

Uno dei primi "teorici" della noia, in tempi molto lontani dai cellulari, dai computer e dall'animazione, è stato Teilhard de Chardin. Secondo lui, infatti, il grande Moloch che si troverà di fronte l'uomo occidentale moderno sarebbe proprio la noia. Saziati i bisogni primari, secondari e terziari della vita, non resta alcun tipo di tensione. Tutto è visto, tutto saputo, tutto provato. Perché muoversi? Perché cercare altri stimoli se ogni orizzonte è già saturo?

Allora, per spezzare il sortilegio del torpore, bisogna andare incontro a stimoli più forti ed emozioni più sconvolgenti. Ma anche queste scosse, alla fine, non sono molto diverse da sassi gettati in uno stagno. C'è un tonfo, l'acqua si increspa, i cerchi si allargano, sempre più ampi, sempre più deboli e alla fine la superficie torna ad essere immobile. Tutt'altra cosa è tirare un sasso in un ruscello. L'acqua scorre impetuosa, allegra, tra salti e spruzzi. A stento si riesce a scorgere il punto esatto in cui è caduto.

L'antidoto alla noia è la curiosità. Una mente aperta, sempre in movimento. Chi segue la via della conoscenza, non vi si imbatte mai.

La noia è il bagaglio che si porta appresso chi vive accontentandosi della superficialità, dell'esteriorità. Chi crede che esistere sia stare in platea a guardare uno spettacolo, senza neppure lo sforzo di battere le mani. La noia non uccide ma avvelena sottilmente, rende inquieti, vittime di un movimento che non porta da nessuna parte. Allora ci si trasforma in falene di fine estate che corrono verso ogni fonte di luce come fosse il sole e le danzano intorno, fino alla morte per ustione o sfinimento.

# Il rapporto coi defunti cambia con l'età

*7 novembre*

Mi hai scritto ancora sconvolta per la lite con tua madre. Siete entrambe due caratteri quieti e non è vostra abitudine scontrarvi in modo così violento. E poi la lite non ha raggiunto nessun risultato. Lei ha fatto quello che voleva fare e tu non hai fatto quello che lei voleva tu facessi. Che bel gioco di parole per dire che lei è andata al cimitero e tu no. Davanti al suo: «Ci vanno tutti per il giorno dei morti!», tu hai opposto un rabbioso: «A fare che?».

Dal giorno del funerale di tuo padre, non sei mai andata a trovarlo. «Non ti importa più nulla di lui!» ti ha aggredito tua madre e tu, invece di rispondere quello che avevi in cuore – "Mi importa troppo" – sei uscita sbattendo la porta. E adesso, naturalmente, ti senti in colpa.

La ricorrenza dei morti, come un po' tutte quelle ufficiali, spesso provoca ribellioni, fa venire a galla bubboni che suppuravano da tempo. "Si deve fare." Ma per chi si deve fare? Perché? Folle che si dirigono verso i cimiteri provocando giganteschi ingorghi automobilistici, i chioschi di fiori che vengono presi d'assalto, i prezzi che salgono alle stelle, i viali dei camposanti che sembrano un centro commerciale al sabato pomeriggio. Poi la festa finisce, i fiori appassiscono nei vasi, reclinano le loro corolle colorate riempiendo l'aria del loro sgradevole odore dolciastro. Dopo qualche tempo, qualche mano pietosa o pagata li toglie e i vasi restano lì come bocche vuote, sdentate; al massimo vi ballonzola qualche fiore di plastica, il gambo rigido, i petali sbiaditi dal sole di anni.

Era questo che ti faceva orrore, o sbaglio? Una specie di consumismo della memoria, un obbligo sociale da adempiere nel giorno stabilito per poi riposare il resto dell'anno. Tu non ti accontenti e giustamente vuoi nella tua vita verità e coerenza, non debolezza e conformismo acritico. Anch'io non ho mai tollerato l'obbligo della celebrazione, qualunque essa sia.

La settimana scorsa, ho ricevuto una lettera dal mio amico Mauro, quello che sta in montagna. In pochi mesi ha perso, per vicende diverse, la madre e la sorella e solo ora, dopo un periodo di forte depressione, sta cominciando a riprendersi. *Ti ricordi*, mi ha scritto, *quando a scuola ci annoiavamo mortalmente sui* Sepolcri *del Foscolo? Non capivamo come si potesse dedicare un poema a delle tombe. Adesso invece lo capisco. Appena esco dal lavoro, corro al camposanto. I momenti più sereni della giornata li trascorro là.*

Il rapporto con i defunti ha bisogno di tempo per crescere. A vent'anni ci si ribella, non si vuole vedere. È comprensibile, ancora non si sono sistemate le cose della propria vita, non si può pensare che questa finisca o che finisca quella delle persone care. A quarantacinque anni questo pensiero diventa molto più naturale. Dopo la scomparsa di mio padre, quasi ogni giorno, per un anno, sono andata a trovarlo. Stavo lì e continuavo il dialogo che si era bruscamente interrotto.

C'è bisogno di tempo, è vero, ma il passare dei giorni in sé non ha alcun potere, se non viene accompagnato da un percorso spirituale. Crescere vuol dire "metabolizzare" l'idea della morte. È questa l'unica via per vivere nella totalità ogni istante della propria esistenza. Ti fanno orrore i cimiteri con le loro statue affrante o minacciose, con i loro marmi cupi, sinistri? Anch'io non li amo, in quel grigiore, in quella disperazione non vedo segno della fede nel Risorto.

Se vuoi ricordare tuo padre, allora, ricordalo nel silenzio della tua stanza, con una foto, un fiore, una candela. Perché, anche se non credi in niente, come dici, sono certa che credi nel suo amore che ti ha permesso di venire al mondo.

## Il padre spirituale

*14 novembre*

Ieri ho preparato le buche per piantare i nuovi alberi da frutto. Per quanto il mio frutteto abbia già una ventina di piante, sono sempre curiosa di coltivare nuove specie. Da anni sto cercando di far crescere un susino originario del Carso, che qui in Umbria non si trova. Mia madre me ne aveva portati due, ma non hanno retto al lungo viaggio in macchina e sono morti dopo il trapianto. Adesso ne ho un altro che, miracolosamente ha attecchito. Ho il sospetto, però, che non farà mai frutti perché gli manca un compagno per l'impollinazione. Non so come si chiami quella qualità di prugne, ma il loro sapore è una delle memorie più nitide dell'infanzia.

Tempo fa parlavo con un mio amico medico, originario di Shangai, della follia dei regimi alimentari che hanno invaso l'Occidente. Nel vuoto delle osservanze di fede, il rispetto della dieta è diventata l'unica religione. Una religione tirannica, ossessiva, antisociale la cui "terra promessa" è la felicità di una salute perfetta. «Non fanno male», gli ho chiesto, «queste diete "devozionali" per cui da un giorno all'altro ci si mette a mangiare cose di cui si ignorava persino l'esistenza, privandosi di sapori deliziosi?»

«Male?» mi ha risposto. «Fanno malissimo. Il cibo buono, il cibo che fa stare bene, è quello che si è mangiato da bambini e ci ha fatto crescere. Grazie alla sua memoria, il corpo ricerca sempre quei sapori.»

Ecco la ragione della spasmodica ricerca delle prugne! Comunque i nuovi alberi non saranno susini ma mele, pere e pesche originari di queste parti, cioè della collina dell'Italia centrale. Perché, oltre alla memoria individuale, c'è anche quella "storica" che è giusto venga salvata.

Una volta mi hai detto che ammiri la mia capacità di prendermi cura delle cose, la costanza nel farlo. Effettivamente, senza costanza, senza dedizione non si raggiunge niente in nessun campo. Non si può studiare una lingua né impiantare un frutteto né coltivare un'amicizia né costruire una casa. La perseveranza, l'attenzione non sono doni innati, bensì un sentiero che si impara a percorrere.

Alla tua età ero incostante e disordinata nei progetti esattamente come ora lo sei tu. Per essere costanti bisogna aver prima messo a fuoco il proprio centro. Essere stabili con se stessi è il requisito fondamentale per posare lo sguardo su ciò che ci sta intorno. Ma come si fa a raggiungere questa stabilità?

Non sai quante persone mi hanno fatto questa domanda, da quando ho scritto *Va' dove ti porta il cuore*! Naturalmente non c'è nessuna regola, nessun percorso prestabilito, perché ogni essere umano vive della ricchezza della sua diversità. Ciò che va bene per uno, può essere estremamente negativo per un altro. Molti, convinti di covare un "non so che" di oscuro, si affidano al sapere degli psicologi, ma questo "nemico misterioso" spesso è soltanto quella sana inquietudine esistenziale di cui abbiamo già parlato e aggiungervi teorie, complessi o traumi può anche aggravare la situazione.

Personalmente penso che, esclusi certi problemi psichici particolarmente gravi, sarebbe meglio rivolgersi a un padre o a una madre spirituali. Con ogni probabilità non hai mai sentito nominare queste figure perché ormai sono scomparse. Non sono guru né terapeuti, soltanto persone che, con fatica e umiltà, avanzano nel cammino della sapienza e sono disponibili ad accompagnare chi lo voglia intraprendere. Non lo fanno per denaro o per fama personale né tanto meno per favorire un gruppo. La ragione del loro agire è una sola: la crescita in luce e saggezza della persona che sta loro accanto, la docilità all'agire dello Spirito Santo.

Il loro lavoro non è poi molto diverso da quello che ogni giorno faccio nel frutteto. Passo tra i filari e osservo con pazienza: c'è troppo azoto, manca il ferro, in quella fessura forse s'annida un rodilegno. Prendo nota degli squilibri e li correggo, rispettando sempre la pianta e l'armonia dell'ambiente intorno. E se un albero, seguito con attenzione, può raggiungere la sua pienezza, perché mai non la dovrebbe ottenere un essere umano?

## Accettare il tempo che passa

*21 novembre*

Tre settimane fa sono andata a passare qualche giorno in un paesino di montagna.

Anche se con gli anni ho imparato ad apprezzare il mare, resto pur sempre un'amante della montagna. Il suo paesaggio corrisponde al mio stato interiore. Mi riposa, innanzitutto, la massiccia presenza del colore verde in tutte le sue tonalità, molto diverse da quelle che abbiamo in campagna.

Mi piace poter camminare nel silenzio, osservando i mille segni della vita di un bosco: le nocciolaie nascoste tra i pini, i ciuffolotti, le cince, i codibugnoli, il volo improvviso di un picchio che taglia l'aria, il ventre giallo dei piccoli ululoni nelle pozze d'acqua. Amo anche spingermi più in alto, dove volano i gracchi e le marmotte fischiano. Lassù, per proteggersi dal freddo e dal vento, i fiori crescono bassi e compatti, circondati dal muschio.

Una volta, quando ero più giovane, prendevo la tenda e facevo gite di giorni e giorni in alta quota, senza mai scendere. Adesso mi devo accontentare di imprese meno epiche.

Ti fa sorridere che dica "Quand'ero più giovane?". Penso di sì, perché in fondo, anche se ho una ventina d'anni più di te, non mi comporto in modo molto diverso dal tuo, metto i jeans e le scarpe da ginnastica, vado in motorino e in bicicletta esattamente come fai tu. Eppure ci sono tante cose che, negli ultimi anni, non dico che ho smesso di fare, ma ho cominciato a fare in modo diverso.

Con il passare del tempo, le energie non scompaiono ma si modificano, si assottigliano, e questo cambiamento porta naturalmente alla moderazione. Non posso più camminare dieci ore con uno zaino mostruoso sulle spalle, coprendo mille metri di dislivello. Posso farlo per quattro o cinque ore al massimo, procedendo con la quieta calma di chi si gode il paesaggio. Ho detto "non posso" ma non è vero. Potrei, naturalmente, ma sarebbe una grave forma di violenza per il mio fisico.

Secondo i classici del pensiero taoista, è proprio intorno ai quarant'anni che ci si ritira dal mondo e si comincia a praticare la moderazione e il distacco dalle passioni.

Nella nostra società, invece, così profondamente narcisista e atterrita dal pensiero della morte, dal "mondo" non ci si ritira mai, perché la giovinezza è l'unico stato concesso all'uomo. L'anima non esiste più e, nel suo oblio, ha trascinato con sé anche la capacità di fare domande.

Non si è più capaci di ascoltare la maturazione del proprio corpo, così si vive in un eterno e innaturale presente, inseguendo un'immagine di sé che è quella patinata delle foto dei giornali. Bisogna essere efficienti al massimo, magri, scattanti, senza rughe. Poi, quando arriva la malattia, o peggio la morte, ci si sente traditi. Ma come, proprio adesso che stavano per inventare il filtro dell'eterna giovinezza!

L'uomo attuale – l'uomo occidentale – ormai sazio e lontano dal mistero, sembra una creatura priva di memoria. La sua vita è come un carrello vuoto, che spinge distratto tra i banconi del supermercato. Non avendo ricordi, non sa cosa scegliere, così lo riempie con quello che gli capita. Solo quando arriva alla cassa e versa il contenuto sul banco, si rende conto di aver fatto incetta di cose completamente inutili. Non c'è il pane. Non c'è il vino. Ma c'è il deodorante al mango per le scarpe.

# L'albero guida

*28 novembre*

Non sei mai venuta nella vecchia casa in cima alla collina in cui ho abitato prima, così non puoi condividere il dolore per l'abbattimento della grande quercia davanti alla mia finestra. Ho scritto *Va' dove ti porta il cuore* guardando le sue fronde, quando il vento era forte quasi sfioravano il vetro. D'estate, faceva ombra. D'inverno, vedevo le cince e i picchi muratori inseguirsi lungo il tronco. Diverse metafore del libro le devo a lei. Quella della pianta infestante, ad esempio, e naturalmente l'ultima, quella dell'albero che, alla stagione giusta, offre ombra e riparo. Purtroppo la quercia era diventata troppo grande e la posizione in cui cresceva, sul ciglio della collina, la rendeva ormai pericolosa. Così un mattino è arrivata una sega elettrica e l'ha ridotta in una pila di ceppi, buoni per il caminetto.

Tempo fa è venuta a trovarmi un'amica che non vedevo da molti anni. Abbiamo passato un pomeriggio a raccontarci le cose che ci erano successe. Verso il crepuscolo, però, ha cominciato a guardarsi intorno in modo inquieto.

«Ti serve qualcosa?» le ho chiesto.
«Per caso sai se qui vicino cresce un nocciolo?»
«Ce n'è uno al limitare del bosco», ho detto, «ma non è più tempo di nocciole.»
«Oh, non preoccuparti» ha risposto con un vago sorriso di sufficienza. Si è alzata ed è scomparsa.
Siccome all'ora di cena non era ancora tornata, mi sono affacciata a guardare giù dalla collina e l'ho vista. Stava seduta di fronte al nocciolo, aveva degli incensi accesi in mano e si dondolava avanti e indietro canticchiando qualcosa di incomprensibile.
Più tardi, a tavola, con gli occhi illuminati da una strana luce, mi ha detto: «Non lo sai che ognuno di noi ha un albero guida?».
«Davvero? E cosa fa?»
«Be', prima di tutto devi capire qual è il tuo albero guida. Per me è il nocciolo, ma tu potresti averne un altro, il biancospino, ad esempio. Sarà il tuo sciamano ad indicartelo. Una volta che sai qual è, devi metterti in sintonia con lui, riconoscere il suo essere maestro, entrare nella sua aura e poi...»
«Poi?»
«Poi lui ti porterà all'illuminazione, alla

Non so se da bambina sei mai andata in riva al mare a fare delle buche nella sabbia. Incominci a scavare con entusiasmo, cerchi di andare in profondità ma per quanta sabbia tu tolga la cavità, grazie all'infiltrazione dell'acqua, rimane sempre uguale. Scavi, scavi e come Sisifo sei sempre allo stesso punto. La natura non ama il vuoto, appena questo si crea, torna a riempirlo. Lo riempie con sabbia, con foglie, con microrganismi, con l'acqua, con le frane, perché il vuoto non fa parte dei suoi progetti.

L'uomo, negli ultimi tre secoli di storia, si è messo con grande impegno a svuotare il cielo dalla presenza del Creatore e, come il bambino della spiaggia, per qualche istante ha avuto la certezza di esserci riuscito. Il cielo è vuoto, l'uomo è finalmente libero. Libero dal pregiudizio, libero da ancestrali terrori e schiavitù. È davvero così? Oppure il cielo vuoto si è riempito istantaneamente di altre cose? Di venusiani, di marziani, di alberi e animali guida, di minerali e parole magiche.

Non credendo più al Creatore, l'uomo è disposto a venerare qualsiasi cosa gli possa restituire la dimensione del soprannaturale. Superato il senso del ridicolo, affiora una grande tristezza. Dov'è finito l'albero del primo Salmo, "il cui frutto matura ad ogni stagione e foglie non vede avvizzire?". Come si è arrivati a questo livello di regressione e di povertà interiore?

# Quali valori offriamo ai giovani?

*5 dicembre*

L'altro giorno, a Roma, ho creduto di avere un'allucinazione. Ero sull'autobus che dalla stazione mi portava a casa, quando qualcuno, accanto a me, ha cominciato a declamare Dante, i famosi versi di Paolo e Francesca.

Amor che a nullo amato amar perdona,
presemi del costui piacer sì forte
che come vedi ancor non m'abbandona.

Due voci si alternavano con tono allegro. Chi mai poteva essere? Mi sono girata e ho visto, dietro di me, due ragazze di quindici anni, sedici anni al massimo, vestite alla moda: giaccone nero, minipull, scarponi di quattro chili l'uno. Era pomeriggio inoltrato, probabilmente erano dirette in centro a fare compere e, attraverso i versi di Dante, si stavano confidando le loro simpatie sentimentali. Ad un certo punto, una di loro ha preso dalla tasca un foglio scritto a mano. Non era un *sms* né una *e-mail*, ma una vera lettera. Quando l'amica, incuriosita, le ha chiesto di leggerla, l'altra è arrossita di colpo: «Oh no. Non posso...».

Da quando l'uomo ha memoria di se stesso, le generazioni mature si sono lamentate dell'impossibilità di capire i giovani, della loro insensibilità ai valori costituiti, del loro degrado intellettuale e morale. «Non c'è futuro per la società» si tuona da qualche migliaio di anni e invece, nel bene e nel male, la società va avanti lo stesso.

A parte la fisiologica invidia per chi è ancora giovane e ha tutta la vita davanti, non so da cosa scaturisca questo atteggiamento. Ogni volta che mi capita di sentire le solite generalizzazioni sui giovani, mi infastidisco. Cosa vuol dire "essere giovane"? Avere pochi anni alle spalle, certo, ma oltre a questo? La gioventù, la maturità o la vecchiaia sono patine di superficie. Sotto questa patina, c'è l'unicità dell'essere umano e del suo destino.

Mi irrito per questo e anche perché sono convinta che dovreste essere voi giovani gli arrabbiati, gli indignati, quelli che dicono: «Adesso basta!» e se ne vanno sbattendo la porta.

Il mondo in cui viviamo è ormai ridotto allo stato di una pattumiera a cielo aperto e noi non siamo molto diversi dagli insetti che cercano di sopravvivere in questo universo maleodorante. Le uniche vie di realizzazione che vi vengono offerte, crescendo, sono quelle della volgarità, dell'egoismo, della grettezza. La vita è una corsa a punti, alcune cose te ne fanno guadagnare, altre te ne fanno perdere. Quando hai troppi punti negativi, esci dal gioco.

Vi abbiamo offerto un mondo di rapine, di sgozzamenti, di carneficine. Un mondo dominato dai furbi e dai disonesti, dai violenti. Abbiamo sottilmente eletto a valori le più orrende aberrazioni dell'uomo. Non c'è giornale, spettacolo televisivo, gioco virtuale che non ve lo ripeta ogni giorno. Per controbilanciare questo orrore, vi vengono ossessivamente offerti infiniti oggetti da comprare. Tutti lì, luccicanti, a portata di mano, generosi nell'elargire un senso sempre nuovo ai vostri giorni.

«I giovani sono maleducati, avidi, violenti», viene ripetuto in continuazione. Nessuno però dice: «Perché sono così? Che cosa pretendiamo? Fin dalla culla li abbiamo coperti di spazzatura e adesso ci lamentiamo del loro cattivo odore». Nessuno si vergogna, nessuno chiede perdono. Il cancro del cinismo ha divorato ogni sentimento più profondo.

Eppure, nonostante questo sterminio, le ragazze innamorate continuano a ripetere i versi di Paolo e Francesca e ad arrossire sentendo un nome o leggendo una lettera d'amore. Perché il cuore dell'uomo è assetato di bellezza, di poesia, di condivisione. Perché in fondo ad ogni cuore, seppur sepolta tra i detriti, fioca e traballante, si agita sempre la fiamma della verità.

Ed è questa fiamma la cosa che fa più paura.

# La libertà di scegliere

*12 dicembre*

Grazie per il bigliettino di auguri. Non ci avevo mai fatto caso, ma ho un'età doppia della tua. Soltanto quest'anno però potremmo fare il gioco delle cifre: due e due, quattro e quattro. L'anno prossimo saremo già distanti, tu con due e tre, io con quattro e cinque. Quand'ero piccola e avevo fretta di crescere, immaginavo sempre il raddoppio. A otto anni pensavo: sono solo a metà dei sedici, a sedici fantasticavo sui trentadue. Come sarò a quell'età, cosa farò? Non avevo ancora idea di cosa avrei fatto da grande, se mi sarei sposata, se avrei avuto dei figli. Non sapevo neppure che avrei scritto libri e se mi avessero detto che sarei diventata famosa, mi sarei fatta una bella risata.

La vita ci riserva sempre delle sorprese straordinarie. Noi pensiamo di andare da una parte e lei, con movimenti impercettibili, ci conduce da tutt'altra. Più passano gli anni, più si viene colti dal sospetto che, se non un disegno vero e proprio, da qualche parte ci sia, abbozzata almeno, la trama delle nostre vite.

Ricordo un episodio che mi è accaduto pressappoco alla tua età. Una persona appassionata di discipline esoteriche, conosciuta a casa di amici, aveva insistito per sapere la data della mia nascita. Qualche giorno dopo, rincontrandola, mi aveva detto: «Diventerai un'artista e, intorno ai quarant'anni, la tua vita verrà sconvolta da un drastico cambiamento». Non l'avevo presa sul serio. Che tipo di artista avrei potuto essere? Non sapevo suonare né dipingere né ballare. Non avevo fantasia sufficiente neppure per scrivere una frase. E il cambiamento? Cosa poteva essere? La malattia, una morte precoce? O forse la scelta di prendere i voti? «Non mi puoi dire di più?» gli avevo chiesto. «No, queste cose le capirai vivendo» era stata la sua risposta.

Pochi giorni dopo le sue parole erano scomparse dalla mia memoria. Ma quando è arrivato il travolgente successo di *Va' dove ti porta il cuore*, all'improvviso mi sono tornate in mente. Ecco! Ero uno scrittore e il drastico cambiamento di cui parlava era il successo! Fortunata coincidenza? Chissà...

Certo è che nelle nostre vite, nel loro svolgersi, è racchiuso un grande enigma. Se tutto è già determinato, tutto già scritto, dov'è la nostra libertà, la nostra possibilità di scegliere? Io potevo davvero diventare soltanto quello che sono oggi o avevo altre strade davanti a me?

Tu hai studiato per anni Economia e Commercio convinta che quello sarebbe stato il tuo destino e ora ti sei resa conto che non te ne importa assolutamente niente.

Perché all'improvviso nasce lo scontento? Siamo burattini o creature che agiscono usando la propria testa?

Il grande dono che ci è stato dato è il libero arbitrio, cioè il poter scegliere. Scegliere vuol dire semplicemente avere due strade davanti e decidere di imboccarne una anziché l'altra. Vuol dire anche saper rinunciare: non so cosa c'era nell'altra strada, né mai lo saprò perché l'ho lasciata alle spalle e non posso più tornare indietro.

Ti ricordi il finale di *Va' dove ti porta il cuore*? "E quando poi davanti a te si apriranno tante strade, e non saprai quale prendere, non imboccarne una a caso ma siediti e aspetta [...] Aspetta ancora."

Sedersi, aspettare. Due parole così lontane dal nostro consumo frenetico del tempo! Non parliamo poi dello stare in silenzio. Eppure sono proprio queste tre condizioni che ci aiutano a prendere la giusta direzione.

L'immobilità, la pazienza e il silenzio.

Perché, per scegliere, è necessario eliminare tutto il chiacchiericcio circostante, i modi di pensare comuni, banali, i luoghi e i modi della convenienza. Bisogna andare al fondo di se stessi e mettersi in ascolto. Si deve essere capaci di attendere con pazienza e umiltà, perché la coscienza profonda è schiva come un animale selvatico e spesso altri richiami – voci, consigli, oracoli – cercano di sovrastarla. E ancora, fare una scelta consapevole – come hai notato con il tuo *è tremendo ricominciare tutto daccapo* – rende comunque la vita più difficile.

Perché le scelte costruiscono un percorso. Un percorso che si rivela ben più aspro del semplice farsi trasportare dalla corrente.

# La luce che irrompe

*19 dicembre*

Non so dove sarai tu quando ti arriverà questa lettera. Io sono venuta a Trieste per trascorrere le feste di Natale con le mie nipotine. Le figlie di mio fratello maggiore vivono ad Hong Kong, così quando arrivano in Italia cerco di stare più tempo possibile con loro.

Da quando sono diventata zia, ho ritrovato il piacere di festeggiare il Natale. È bello sentire tanti bambini intorno, la loro eccitazione, la magia dell'attesa. Comprendo però benissimo anche il tuo disagio all'idea di trascorrere la sera della Vigilia con tua madre, davanti alla televisione. *D'altra parte*, mi dici, *se non sto con lei, cosa faccio? E lei, sola, cosa fa?*

Secondo gli psicologi, la celebrazione del Natale è uno degli eventi che porta più sconquasso negli strati profondi della psiche. Tutto ciò che durante l'anno se ne sta quieto, con l'avvicinarsi della festa, esplode. Fobie, nevrosi, solitudini, ansie, senso di fallimento e desideri di fuga invadono di colpo ogni persona.

Essendo principalmente una celebrazione

della famiglia, il Natale funziona anche come cartina di tornasole. Rancori, odi e incomprensioni ricompaiono con prepotenza nelle settimane precedenti. «Io il Natale con mia suocera? Piuttosto scappo al Polo!» «Mio cugino? Per carità, non lo sopporto!» «Non mi importa niente di Gesù, perché mai dovrei festeggiare?» Poi, magicamente, a due giorni dalla festa, tutto si appiana e il ventiquattro sera – o il venticinque a pranzo, secondo le tradizioni – si è tutti riuniti attorno alla tavola imbandita.

Ho detto "appianarsi", in realtà avrei dovuto dire "si mettono a tacere". È un armistizio di poche ore, poi i ringhi e i sibili riprendono a salire. «Uffa, anche quest'anno per fortuna è finita...» si dice appena fuori sul pianerottolo.

*Che senso ha il Natale*, mi chiedi, *se non quello di far sentire solo e disperato chi, come me e tanti altri, non ha una tavola festosa intorno a cui riunirsi? Che senso ha questa folle corsa agli acquisti, questo parlare di bontà come se si avesse la bocca impastata dallo zucchero filato?*

Visto in questa ottica, nessuno, se non per lo stomaco che si abbuffa, per il portafoglio che si assottiglia, per l'ansiolitico che siamo costretti ad ingoiare. Ma a noi due – l'abbiamo stabilito già dai primi incontri – non interessa la facciata, ma ciò che la tiene in piedi. Ciò che sta dietro, sotto – annegata tra le pance gonfie dei babbi natale – è una celebrazione del calendario cristiano. Molti cristiani, sicuramente anche tu, sono convinti che si tratti della ricorrenza più importante dell'anno, ma non è così. Anche se la messa di mezzanotte è strapiena e la veglia del sabato santo è semivuota, è la Pasqua la celebrazione "cardine" della nostra fede.

Fede! Che parola complessa, così spesso mistificata, manipolata, svilita. *Quel poco di fede ingenua che mi era rimasta dall'infanzia*, mi scrivi, *è ormai scomparso. E una delle spinte più forti che ha contribuito a farla sparire è stata proprio la messa di mezzanotte. Guardavo intorno a me la folla accaldata, distratta, che aveva appena lasciato le tavole imbandite e non sapeva rispondere alle parole del celebrante e mi sono chiesta: che Dio è un Dio che si accontenta di un popolo così?*

Allora ti rivolto la domanda. E se invece fossimo noi ad accontentarci, a vivacchiare, sospesi tra poche nozioni confuse e una piatta osservanza? Se fossimo proprio noi, con la nostra paura, il nostro conformismo, la nostra superficialità, a regalare solo gli spiccioli a ciò che, in realtà, chiede l'adesione più profonda della nostra persona?

Il Natale è la festa "della luce vera, quella che illumina ogni uomo", che è arrivata nel mondo. Prova allora a cancellare tutto quello che c'è intorno a te e rifletti solo su questo.

Sulla Luce che irrompe. Sulla Luce che è salvezza.

Apriti a questa Luce, disponiti ad accoglierla. Solo così forse, con il tempo e con la Grazia, potrai renderti conto che la fede prima di tutto è innamoramento.

Lo sguardo di un innamorato è diverso da quello di chi adempie un obbligo vuoto. In uno c'è gioia, desiderio di incontro. Nell'altro l'attesa passiva che si tributa agli idoli.

## La fede è apertura, interrogazione e dubbio

*26 dicembre*

La quiete dopo la tempesta!

L'eccitazione dei bambini si è placata, i doni ricevuti sono andati ad intasare i pochi spazi rimasti nella cameretta, la cucina è stata ripulita, nei portacenere sparsi qua e là si trovano ancora resti di noci e di nocciole come se la casa fosse stata invasa da un esercito di scoiattoli, delle candele sono rimasti soltanto i moccoli. L'abete, sofferente per il caldo, lascia cadere i suoi aghi. Solo il gatto ancora si diverte, si acquatta a terra e poi balza verso l'alto a catturare qualche palla.

Così è la casa, ma fuori non è molto diverso. Se mi affaccio alla finestra, vedo solo due o tre canoe che solcano pigramente il mare e, nella grande strada di scorrimento, passa soltanto qualche macchina. C'è aria di disfatta, il ventisei dicembre. Si mangiano gli avanzi. La tregua durerà fino al trentuno. Bisogna riprendere le forze, sgombrare lo stomaco, ripulire il fegato.

Ho sempre mangiato con moderazione e, in questi giorni di banchetti, soffro di una sorta di solitudine alimentare. Così questa mattina, nell'aria di generale "smaltimento", ho preso il giaccone e sono andata a fare una passeggiata sul lungomare. Non c'era ancora molta gente. Ho trovato uno scoglio comodo e mi sono seduta.

Proprio guardando l'orizzonte, mi sono resa conto di quanto le tue domande mi costringano ad andare al largo e in profondità. La tua sete è una sete assoluta. Un desiderio impellente di acqua pura, mentre quello che ti è stato offerto finora sono state al massimo delle bibite, in barattolo o in lattina, con un nome o con un altro, più o meno gradevoli, ma sempre bibite, surrogati che non spengono la sete.

*Quel po' che mi rimane della mia fede infantile*. È una frase che mi ha colpito, perché testimonia una condizione molto diffusa. Si fa la prima comunione, in alcuni casi anche la cresima, e poi si pretende di vivere tutta la vita di rendita. Quelle poche nozioni, spesso imparate male, distrattamente, quelle pressoché nulle emozioni, devono bastarci per tutto il tempo a venire. Soddisfarci ed essere in grado di rispondere a ogni nostra domanda. Se non lo sono, buttiamo tutto a mare: Non ho più fede, non c'è nessuno in cielo. E anche se c'è, mi è indifferente.

Anni di luoghi comuni ripetuti ottusamente ci hanno fatto credere che la fede sia una sorta di rigido stampo grazie al quale siamo in grado di avere ogni tipo di certezza sul mondo. «Beata te che hai la fede!» Quante volte mi sono sentita ripetere questa frase con tono lievemente derisorio! «Beata perché?» «Be', perché riesci a credere a tutte quelle cose...»

Ma la fede è esattamente l'opposto! È apertura, è interrogazione ed è anche, naturalmente, dubbio. Non è una specie di calzamaglia che ci incolliamo al corpo nell'infanzia e che cresce con noi, allungandosi e allargandosi, per adattarsi pigramente a tutte le circostanze. È piuttosto una creatura viva. Qualcosa che si muove, si modifica, ma che, per farlo, ha bisogno di costante attenzione.

È una creatura, ed è anche un elemento. È un fuoco, che illumina e scalda, ma può anche bruciare e, per esistere, ha bisogno di essere alimentato senza sosta. Invece noi teniamo in mano un accendino spento e diciamo: «Non ho più fede».

Ma l'abbiamo mai davvero avuta?

Così, se tu vuoi davvero metterti in cammino, prima di tutto devi prendere una grande borsa e gettarci dentro tutto ciò che non serve: i luoghi comuni, le frasi fatte, le immagini ovvie. Poi esci sul balcone di casa tua. Lassù in alto, tra le antenne e i palazzi, probabilmente vedrai brillare le stelle. Interrogale. Chi vi ha messe lassù? E perché? Che cosa si nasconde dietro la cupa oscurità del cielo? E dietro i buchi neri?

Ecco, il primo passo del cammino è proprio questo. Contemplare il mistero.

# Liberarsi dei pesi inutili

*3 gennaio*

Ti scrivo da un paesino di montagna. Sono venuta ad accompagnare le mie nipotine sulla neve. Per loro, che vivono tutto l'anno intrappolate in un grattacielo di Hong Kong, questi sono momenti davvero straordinari. Possono correre senza pericoli in spazi aperti, lontani dalla frenesia della vita della città, proprio come fanno d'estate, a casa mia, in campagna. Credo che queste brevi "pause" permettano loro di vivere di rendita per il resto dell'anno.

La maggiore sa già sciare e segue i suoi genitori sulle piste di discesa, mentre io ormai ho abbandonato questo genere di sport. Prima di tutto, perché le vertigini mi impediscono di salire a cuor leggero su qualsiasi tipo di seggiovia o funivia, poi perché il prolificare degli spericolati praticanti di *snowboard* rende ogni discesa non molto diversa da una roulette russa. Un mio amico è rimasto mesi in ospedale dopo essere stato travolto da uno di questi "bolidi della neve". Così, circa due anni fa, ho preso gli sci da discesa, li ho regalati a un'amica e mi sono dedicata anima e corpo allo sci di fondo.

Il "fondo" è forse in assoluto lo sport che più mi piace praticare perché unisce tante cose insieme: il silenzio, la neve, la solitudine, i boschi, lo sforzo fisico delle salite e la fantastica ricompensa delle discese. Molti dei miei libri li ho pensati proprio sugli sci perché l'ossigeno e il movimento favoriscono lo scorrere delle immagini e dei pensieri.

La settimana scorsa, per iniziare un tuo personale cammino alla scoperta di quel "barlume di fede" che ti è rimasto dall'infanzia, ti ho suggerito di prendere una grande borsa e metterci dentro tutto ciò che ti sarebbe di zavorra nel cammino. Questo non vuol dire liberarsi dei pesi, al contrario. Ne porterai di terribili. Vuol dire soltanto che avrai eliminato tutte le definizioni della fede, del Creatore, della religione che ti ingombrano la testa, che ti frenano, che ti spingono a dire: «No, così non può essere».

Il tuo viaggio, come ogni percorso spirituale, è un cammino che ti porta a incontrare Qualcuno che ancora non ti è noto. Non puoi sapere quando avverrà né se avverrà. Camminando, offri semplicemente la tua disponibilità. Ma non puoi dettare le regole né dare un appuntamento prestabilito, come non puoi conoscere il Volto che ti si presenterà.

La ricerca ti mette in una condizione di fragilità, di spogliamento, esattamente l'opposto di ciò che pensa chi se ne tiene lontano. Non assumi delle certezze, piuttosto abbandoni quelle che hai.

Ci vuole un grande coraggio per fare questo, non credi? È molto più facile continuare a ripetere pappagallescamente le verità che abbiamo già in mente, anche se ormai scricchiolano, se sono opache. Molto più semplice difendersi con frasi fatte.

Ti ricordi quando abbiamo parlato dell'inquietudine? Oltre ad essere un tormento, è anche un grande dono, paragonabile all'*humus* di un terreno. Più ce n'è, più le coltivazioni saranno rigogliose. Ma non è amata nella nostra società, viene considerata un disagio e trattata come un pacco. I sociologi la spediscono agli psicologi, gli psicologi ai politici, i politici alle famiglie, le famiglie alla scuola. Come per le valigie di una volta, ogni specialista, vedendola passare, ci mette un'etichetta sopra. È questo! No, è quello! È quest'altro! Prendete le gocce! Prendete le pillole! Chiudetela! Fermatela! Psicanalizzatela!

E se invece cominciassimo a pensare che l'inquietudine è il segno lasciato nel nostro cuore dalla nostalgia della Grazia?

# Il tocco misterioso del sacro

*10 gennaio*

Sono stata felice di sapere come hai risolto il problema delle vacanze di Natale. Immaginarti sola con tua madre, davanti al televisore a sorbirti tutti i programmi natalizi, mi dava una certa malinconia.

Quella di partire in auto è stata un'ottima idea. Voi due sole in giro per l'Italia, senza una meta precisa, che poi invece avete trovato. Anzi, come mi scrivi: *Forse, fin dall'inizio, quel luogo ci ha attirate come una calamita. Era lì che dovevamo andare, ed è lì che siamo approdate, quasi senza saperlo. Sugli aspri pendii garganici di Monte Sant'Angelo. Mia madre ne aveva già sentito parlare, io non sapevo neppure che esistesse. Non ho mai avuto simpatia per gli angeli e cose del genere. Eppure devo dire che scendendo in quella grotta, ho provato qualcosa di strano. Qualcosa che assomigliava al turbamento.*

Che buffo! Anch'io sono stata lassù l'estate scorsa, proprio con mia madre, l'unica differenza è che io ci sono andata di proposito, per esaudire un antico desiderio. Mano a mano che mi avvicinavo, non potevo fare a meno di pensare a Gerusalemme. La stessa terra riarsa, il calcare bianco, gli ulivi, gli asini, la lunga strada in salita per raggiungere il luogo santo. Se ben ricordi, una volta arrivati alla chiesa, bisogna iniziare la discesa, tra archi e svolte, fino alla famosa grotta scavata nella roccia e rischiarata dalla fioca luce delle candele. L'emozione che provoca è difficilmente descrivibile.

Di rado le chiese mi fanno provare turbamenti simili. Anzi, più sono spettacolari e traboccano di decorazioni, statue, ori e fregi, più mi allontanano dal senso del sacro. Naturalmente sono in grado di apprezzare la bellezza della pittura e degli affreschi, l'abilità degli artigiani, la ricchezza della storia che riverbera da quelle opere, ma è pur sempre qualcosa che fa parte della mia mente estetica e razionale, della mia cultura.

Le poche volte che mi sono davvero emozionata, è stato in qualche pieve abbandonata di montagna o di campagna. Ne ricordo una in particolare: pareti spoglie, altare nudo, una semplice croce di legno sullo sfondo. A un tratto, da una finestra rotta, sono entrati dei passeri e, con la paglia nel becco, hanno ultimato un nido proprio sul bassorilievo colorato della Settima tappa della Via Crucis.

I duomi, le cattedrali, le chiese sono comunque progetti concepiti da uomini per altri uomini e, come tali, nonostante la buona volontà dei loro artefici, difficilmente riescono a toccare gli strati più profondi e segreti della nostra anima. Eppure quel tocco – il tocco del sacro, del mistero – è così importante per il nostro cammino! È un po' come il *diapason*: permette di accordare tutto il nostro essere su una frequenza diversa.

Prova ad immaginare il cuore proprio come uno strumento musicale. Ci sono le corde che suoniamo abitualmente: quella della tristezza, della gioia, della rabbia, del dolore, della lontananza, dell'innamoramento. E, infine, ce n'è una, più nascosta e profonda, che spesso è difficile da scoprire, ma è proprio quella che, quando vibra, rende il suono di tutte le altre armonico e potente. È questa corda che ci trasforma da un essere-frammento a un essere-unità.

Il turbamento che hai provato nella grotta è in qualche modo il risveglio della tua corda profonda. A un tratto, senza averlo immaginato prima, ti sei trovata di fronte al mistero della Presenza. Non eri preparata e dunque non eri difesa, per questo lo stupore ti ha travolta. Stupore per chi, per che cosa? Come si fa a dirlo? Niente è più indicibile, più segreto di questi incontri. Quello che resta percepibile è appena un batticuore, l'impressione che, al nostro interno, si sia alzato un vento, una forza sconosciuta, nuova, capace di scombinare tutte le carte.

# La mia e la tua generazione

*17 gennaio*

Gennaio, per la campagna, è ancora un mese di riposo. Non si ara, non si concima né si semina. L'orto è ancora coperto da un fitto strato di paglia, gli alberi da frutta non hanno foglie e le future erbacce, per fortuna, dormono sottoterra.

Le giornate sono ancora corte e, anche se nelle ore diurne la temperatura può diventare mite, durante la notte scende sotto lo zero. Sono comunque gli ultimi scampoli di quiete perché già a febbraio l'intensità della luce inizia a cambiare. Dura anche di più, ma soprattutto è più calda. Ed è proprio questo impercettibile calore a provocare la ripresa del ciclo della vita. Sui rami, le gemme si gonfiano, i tulipani e gli altri bulbi forano la terra. Gli uccelli cantano in modo diverso, perché la luce ha colpito la loro ipofisi. Iniziano le grandi manovre del corteggiamento.

Quando vivevo in città, la primavera mi faceva soffrire. Dall'unica finestra della mia casa vedevo soltanto un muro di cemento. Non un albero, non una pianta né il volo di un passero. Mai come in quei giorni la mia vita mi pareva inutile, vuota, priva di senso. La domenica andavo a passeggiare in qualche parco. Erano gli unici istanti di sollievo. Ma nel parco avrei voluto piantare la tenda e rimanere lì a vivere, nascosta tra le frasche come un Robinson Crusoe cittadino. Vivendo nel cemento, sempre in corsa tra l'autobus, l'ufficio e il supermercato, mi sentivo gravemente mutilata. Come sai, mi sono trasferita qui nel 1989, molto prima del grande successo dei miei libri. L'ho fatto perché ho sentito che, se fossi andata avanti così, mi sarei sicuramente ammalata. Troppa tristezza, troppa disperazione, troppo senso di nulla. Così ho lasciato Roma e ho traslocato nella vecchia casa umida e spartana di cui ti ho parlato. Allora, è stato un salto nel buio. Non sapevo se ce l'avrei fatta. Ma, come spesso succede quando si rischia, la scelta è risultata vincente. Di nuovo a contatto con il mio mondo, ho cominciato a scrivere e, in breve, i libri mi hanno permesso di vivere.

Per la mia indole contemplativa, la natura è altrettanto importante dell'acqua o dell'ossigeno. Non è così per tutti. Conosco persone che vivono in città e non si muoverebbero di lì per nulla al mondo. Per fortuna, siamo diversi uno dall'altro. Ed è proprio questa diversità l'antidoto più efficace al cancro delle generalizzazioni. I "giovani", i "vecchi", i "preti", i "musulmani", gli "ebrei"... Le categorie mi hanno sempre fatto orrore. In ogni volto vedo soltanto l'unicità di ogni essere umano.

Mi chiedi in che cosa differisca la mia generazione dalla tua. Una cosa mi viene subito in mente. Tanto noi abbiamo vissuto nella sfida e nel rischio, altrettanto voi tendete a vivere nella quiete e nell'assenza di conflitto. Per noi, cresciuti negli anni cupi del terrorismo e dell'ideologia, esisteva soltanto il dovere. Il dovere di trasgredire, di schierarsi da una parte, di cambiare il mondo secondo le regole purificatrici dell'imposizione violenta.

Per tutti gli anni dell'adolescenza e della giovinezza, abbiamo respirato il puro veleno dell'odio, della discriminazione, della certezza che il bene fosse tutto da una parte e il male dall'altra. Non c'era gioia, in quei giorni, non c'era leggerezza, non c'era libertà. La società andava cambiata e stava a noi farlo. Non era possibile distrarsi, prendere vacanze.

I cattivi maestri hanno trovato allievi estremamente zelanti. Molti dei miei coetanei sono entrati nelle file del terrorismo, altrettanti sono finiti tra le braccia dell'eroina.

Alla base di questa distruzione non c'era cattiveria, malignità, ma un'alta dose di idealismo. Il desiderio di far trionfare la verità. Ma quando la verità diventa un colore, tutto ciò che ne scaturisce è distruzione. Perché la verità non è un colore ma una luce. E solo questa luce illumina davvero le tenebre dei nostri cuori.

# Le maschere e i volti

*24 gennaio*

Condivido il tuo disagio sul Carnevale. *Non si sono neanche spenti gli echi della notte di San Silvestro*, mi scrivi, *che già si preparano nuovi festeggiamenti. Ho ricevuto diversi inviti, ma non mi va di fare nulla. Mia madre dice che non è normale, che alla mia età bisogna uscire e divertirsi. «Magari incontri qualcuno...», aggiunge, facendomi irritare ancora di più. Le rispondo che se esco, invece di divertirmi, mi deprimo, ma lei non ci crede. Continua a sostenere che la mia è soltanto paura e che uscire dalla porta vestita da fatina sarebbe la risoluzione dei miei problemi...*

Non sono un buon giudice in questo vostro conflitto. Tra tutte le festività, il Carnevale è quella che meno sopporto, forse per via delle maschere. Fin da bambina ne ho avuto un vero e proprio orrore. Ricordo ancora delle maschere rosse, bianche e nere che un parente aveva portato dal Giappone in una scatoletta di legno. Adesso so che si trattava di riproduzioni di quelle tradizionali del teatro *No*, ma allora non lo sapevo. I loro ghigni mi rendevano le notti insonni.

Non ho mai desiderato vestirmi da principessa, da odalisca o da damina. L'unico costume al quale mi sarei assoggettata volentieri sarebbe stato quello da indiano d'America: giacca di pelle, arco, frecce e lunghe penne colorate sulla testa. Avrei preferito galoppare libera come il vento nelle praterie piuttosto che trascinarmi tra un ballo e un divanetto alla ricerca di un eventuale principe azzurro.

Ho partecipato a un veglione soltanto una volta. Ero più giovane di quanto sei tu ora, ma ricordo ancora il senso di insofferenza, di noia e di disagio che ho provato per tutta la durata della festa. Tutto era forzato, teso, spasmodico. Come vedi non sei la sola a provare orrore davanti all'obbligo di divertirsi.

Ma perché la maschera può provocare in alcuni di noi un tale senso di angoscia? Te lo sei mai chiesto? Io sì. La maschera è qualcosa che ci poniamo sul volto. Qualcosa che ci nasconde, dandoci un'identità diversa. A ben vedere le maschere del Carnevale, per la loro dichiarata falsità, sono forse le più innocue. Ben altri rischi nascondono le maschere quotidiane, quelle che ci mettiamo addosso per accettarci, per farci accettare, per occultare la nostra natura più profonda.

Una cosa di cui ti renderai conto con il passare degli anni è che la qualità della vita incide in modo sorprendente sui nostri lineamenti. Contribuiscono certamente l'alimentazione, lo stress, la durezza delle prove, ma questi provocano segni lievi. Ciò che crea solchi incancellabili è l'intensità della vita interiore.

A vent'anni siamo tutti "belli" ma già a quaranta il nostro volto comincia a parlare in modo eloquente. Che sentimenti abbiamo coltivato? La rabbia, l'invidia, la competizione, l'egoismo, l'ignavia. Oppure la forza, l'amore, la generosità? Tra la via del giusto e quella dell'empio, quale abbiamo scelto? Il nostro sguardo parla della pienezza del cuore o sono solo le nostre labbra a parlare?

Il nostro cuore può affogare nella confusione, nell'oscurità e tuttavia la nostra bocca può parlare di sentimenti alti, di amore, di fede, di giustizia. È una delle maschere peggiori. Quella dell'uomo retto, del devoto, che crea più smarrimento in chi, con onestà, sta cercando la sua strada. Bisogna allora togliere l'audio e affidarci a ciò che si vede. Cosa ci dicono quegli occhi, quelle labbra? Cosa esprimono quelle mani? Che luce irradia da quella persona? La luce della libertà, della fraternità, oppure quella sinistra dell'interesse e della manipolazione? C'è un fuoco che brucia là dentro oppure solo una lampada abbronzante?

Quando sei in dubbio su una persona, pensa al sorriso di Madre Teresa, allo sguardo di Gandhi, all'espressione di Frère Roger di Taizé. Pensa a loro e a tutti quei volti che, attraverso il cammino della sofferenza e della Grazia, si sono trasformati nel riverbero del volto amoroso del Padre sulla terra.

# Diritti e doveri

*31 gennaio*

La tua decisione di cercare un lavoro che ti permetta di essere indipendente mi sembra giusta. Non sai ancora cosa farai l'anno prossimo ma almeno hai deciso di non continuare a dipendere per ogni cosa da tua madre.

*All'improvviso ho capito*, mi scrivi, *che alla mia età chiedere ancora i soldi alla mamma per andare a mangiare la pizza è piuttosto umiliante. Non mi interessa usare la laurea, mi basta un lavoretto. Qualcosa che mi permetta un minimo di indipendenza.*

Nel Paese in cui i figli vivono a casa dei genitori fino alla maturità avanzata, questa affermazione ti fa onore. Esci dall'immobilità, dall'attesa. La vita è tua e, giustamente, cominci a prendertene cura. Anche se si tratta di una scelta piccola, è comunque controcorrente. Per questo la tua amica è caduta dalle nuvole.

«Perché lo fai?» ti ha chiesto. «Non ti manca nulla.»

«Per essere libera.»

«Come farai ad essere libera, se dovrai lavorare? Non avrai tempo per fare niente!»

Non hai saputo come ribattere, mi dici.

Credo che una parte di te abbia pensato che l'amica poteva avere ragione. Perché lavorare, quando non ce n'è strettissimo bisogno? E perché poi accettare un lavoro socialmente ed economicamente inferiore a quello per cui si è preparati? Non è meglio godersi la propria giovinezza?

Negli ultimi anni, sentendo i discorsi delle persone, leggendo i giornali, guardando la televisione, mi trovo sempre più spesso a pensare che la cosa più urgente da fare in questi tempi è una nuova alfabetizzazione. Non si tratta più, naturalmente, di insegnare a leggere e a scrivere, ma di riportare alla luce i fondamenti morali ed etici della vita dell'uomo.

Hai presente le vecchie cassapanche che si trovano in quasi tutte le cantine o le soffitte? Là dentro vengono conservati i ricordi di coloro che ci hanno preceduti: vestiti, carte, lettere, oggetti ormai obsoleti.

Mi piace immaginare che ci sia da qualche parte, conservata nella memoria di ogni famiglia, una cassapanca simile che, invece di custodire oggetti, conservi valori e sentimenti non più in voga. In un noioso pomeriggio di pioggia, si va tutti in soffitta. I bambini, vedendo la cassa coperta di polvere, cominciano a saltellarle intorno chiedendo di aprirla. Il coperchio viene sollevato e subito tante piccole mani si tuffano dentro. Silenzio stupefatto e poi grida di meraviglia. «Mamma, cos'è questa cosa bellissima?» «E questa a cosa serve, papà? Non l'ho mai vista prima...» I genitori, probabilmente, dovranno fare un po' di ricerca nella memoria. «Fammi vedere. Ah, sì è il senso dell'onore.» «Guarda! Ecco lo sforzo, il sacrificio... eh sì, i bisnonni li usavano sempre... E laggiù in fondo, guarda, la vergogna!» «Cos'è?» «È quella cosa che fa diventare rossi.» «Per il caldo?» «No, perché si è fatto qualcosa che non va bene, qualcosa contrario alla coscienza.» «E che cos'è la coscienza?»

Viviamo ormai da troppo tempo in una società che, come unica legge, riconosce il diritto. Tutti sono pronti ad alzare la voce e a ricorrere a ogni mezzo per fare rispettare i loro diritti. Nessuno sembra invece ricordare che i diritti esistono in quanto prima sono stati assolti dei doveri. Il dovere è diventato un orrendo spauracchio capace di minare la libertà di ogni esistenza. Dovere e schiavitù sembrano essere tutt'uno. E se invece fosse esattamente il contrario? E se fossero i doveri l'intelaiatura che sostiene il senso della nostra vita?

Non si può mettere il tetto sulla casa se prima non si sono edificate le infrastrutture. Eppure è proprio ciò che molti oggi vogliono. Vivere protetti senza aver fatto nulla per costruire le pareti.

# Un fiume che sgorga dall'anima

*7 febbraio*

L'orto riposa sotto una coltre di paglia e il grande bosco è ormai completamente spoglio. Riposano, ma ancora per poco, gli alberi da frutta. Presto verrà il tempo ansioso della potatura. Ansioso per me, naturalmente, non per loro. Soprattutto i primi anni era un vero incubo. Come, cosa, quanto tagliare? Ogni volta che posavo la forbice su un ramo, ero convinta di aver compiuto un gesto irreparabile.

Con il passare delle stagioni e con un po' di esperienza, tutti gli alberi sono sopravvissuti e hanno anche prodotto una discreta quantità di frutta, così, anche il mio atteggiamento è cambiato. Il giorno in cui la luna è giusta e lo sono anche le condizioni meteorologiche, invece di consultare manuali o agire a casaccio, mi metto davanti all'albero e aspetto che mi parli.

Non temere! Non si tratta di un culto neopagano come quello della mia amica, ma piuttosto di una grande fiducia nella sintonia. Guardando l'albero, guardandolo senza idee preconcette né schemi, lentamente capisco di che cosa ha bisogno. Non ci sono i meli, i peri, i peschi ma c'è *quel* melo, *quel* pero, *quel* pesco. Ognuno ha un'energia diversa, una diversa capacità di svilupparsi, di resistere alle malattie. Ho dei meli in ottima salute e altri che tirano avanti tra un'infezione fungina e un attacco di rodilegno. Eppure sono lì, uno accanto all'altro. Stesso terreno, stessa esposizione alla luce, stesso nutrimento, stessa irrigazione. E allora?

Tutto ciò che esiste nel mondo è testimone del mistero e dello splendore della creazione. Lo sono gli alberi, le piante, gli animali, i minerali. E naturalmente lo è anche l'uomo. Siamo tutti legati in un invisibile abbraccio, che spesso, però, si può trasformare in una stretta letale, troppo presi come siamo a combattere per qualcosa o contro qualcos'altro. Ho un'idea e sono convinto che sia migliore della tua, così lotto per importela e tu fai altrettanto perché anche tu sei sicuro che, se alla fine la penso come te, il mondo sarà migliore. Ma lo sarà veramente? Il secolo alle nostre spalle ci mostra esattamente il contrario.

Nel nome di buone idee, sono state sterminate decine e decine di milioni di persone e il mondo non è certo migliorato, anzi. Più passano gli anni e vedo accadere cose terribili, più penso che il futuro, per esistere, avrà bisogno di persone pie.

Immagino che questa parola ti faccia sorridere, se non proprio ridere. "Persone pie", roba da vecchi fogli parrocchiali, da romanzacci edificanti di quart'ordine. In un mondo dominato dal cinismo, certe parole sembrano gomme americane che si appiccicano sotto le scarpe.

Ma chi è la persona pia, in realtà? È una persona che vive secondo quella straordinaria dilatazione dell'anima che è la pietà. E la pietà non è, come probabilmente pensi, l'euro fatto cadere nella mano del mendicante o l'inginocchiatoio consunto dalla presunzione di essere nel giusto. La pietà è piuttosto il sentimento che nasce dall'avere il cuore costantemente aperto sulla sacralità del mistero. La pietà nasce dalla fede, come i fiumi nascono dalla montagna, e travolge la minuscola economia interiore delle nostre vite.

L'avere allora diventa dare, la brama di potere si muta in servizio, la vittoria si trasforma in sconfitta, la paura in coraggio. Quella che pensavamo fosse la nostra vita viene travolta, trascinata via assieme alle ambizioni e agli schemi che la pervadevano. Non ci resta che camminare, ascoltare e accogliere. Accogliere lo smarrimento e la solitudine dei nostri fratelli. Accogliere la sofferenza della creazione. Accogliere la gioia che, nel silenzio e nella penombra, canta nel nostro cuore.

# Sesto: non fornicare

*14 febbraio*

Mi scrivi che negli ultimi tempi le cose sembrano andare per il meglio. Ti piace fare la *baby sitter* e la piccola indipendenza economica ti permette di gustare il piacere dell'autonomia.

*Proprio per questo*, aggiungi, *quando una giornata è nera, è davvero nera. Quando si sta male, non c'è differenza tra un giorno e l'altro, ma quando si migliora, le cadute diventano sempre più amare. Febbraio è il mese degli innamorati e io mi sento sola come un carciofo in mezzo al campo. Nessuno mi guarda, nessuno mi rivolge la parola. I ragazzi che mi interessano non si accorgono della mia presenza. Per le mie amiche è diverso. Qualcuna ha già avuto sei, sette storie, mentre io sono a livello di una bambina delle elementari. «Anche per me è stato difficile, all'inizio», mi ha detto una di loro, «mi sentivo scialba, incapace. Ma poi mi sono fatta coraggio. Andando alle feste, ho cominciato a bere un po', così tutto è diventato più facile. Vedevo uno che mi piaceva, lo puntavo e ti posso dire che finora nessuno si è tirato in-*

*dietro. Il blocco è tuo, sei tu che devi vincerlo. Vedrai che poi scaricherai subito il telefonino a furia di messaggini.» Ho provato ad applicare il suo consiglio, ma l'unico risultato è stato un gran mal di testa il giorno dopo. Ho passato la festa sprofondata in una poltrona, con un bicchiere in mano. Si sono accorti di me soltanto quando inciampavano nei miei piedi. Per di più adesso si avvicina anche il giorno degli innamorati. Credi che saprò mai cos'è l'amore?*

Di recente, un'amica catechista mi ha detto che l'unico comandamento di cui vogliono parlare i ragazzi è il sesto, non fornicare. Anch'io, da bambina, ero affascinata da questo comandamento. Non riuscivo a capire se si riferisse ai forni o alle formiche. Entrambi, infatti, erano pericolosi, le formiche per l'acido formico, il forno per il gas e il calore. Mi lambiccavo per ore alla ricerca di una risposta plausibile.

Adesso, purtroppo, i bambini sanno benissimo cosa vuole dire fornicare ed è proprio di quello che vogliono parlare. «Basta con le preghiere», ha detto un giorno un bambino di nove anni alla mia amica, «adesso sono grande. Voglio fare l'amore.» E come potrebbe essere diversamente? La continua, ossessiva, debordante, sconcia offerta di corpi nudi e di accoppiamenti che ci viene proposta dai *mass media* ha sortito i suoi effetti.

Il sesso è diventato il motore della nostra vita. Si comincia a praticarlo in età sempre più giovane, senza porsi dei limiti. Se non lo fai, o

Macken

sei uno sfigato o hai delle tare. Non sono una moralista, non mi scandalizzo, ma provo ugualmente una grande tristezza. Tristezza per la grande mistificazione imposta a chi ancora non è in grado di pensare con la propria testa. Che cos'è infatti il sesso slegato dalla totalità dell'essere umano? È un'attività ginnica in grado di far provare qualche brivido di piacere e apparentemente – ma solo apparentemente – innocua.

Tu reputi la tua amica più fortunata di te perché ha avuto molte esperienze. Io credo invece che la tua amica cerchi soltanto di riempire un vuoto e di farlo nel modo più semplice. Ma un giorno quel vuoto le si spalancherà davanti, come la bocca della balena davanti a Pinocchio. Per quanto si giri intorno abbiamo sempre due strade tra le quali scegliere, una che ci porta al compimento della nostra unicità di creature e l'altra che ci porta alla separazione dal nostro destino.

Così, per prima cosa, devi avere in mente che tipo di amore vuoi conoscere nella tua vita. Quello della confusione o quello della comunione? Quello anatomico, meccanico, epidermico o quello che coinvolge la profondità del tuo cuore?

# Il cammino del cuore

*21 febbraio*

Da molti anni l'inverno non è stato così freddo, così improvvisamente ghiacciato. Alla fine di novembre ho cucinato la pasta con le melanzane appena raccolte e, solo due settimane dopo, la neve mi ha bloccata in casa! Neve che ha continuato a cadere a intervalli regolari, sempre accompagnata da un forte vento e da temperature degne della Siberia.

Quando c'è questo tempo mi sento bene, piena di energia. Adoro camminare con il vento che mi sferza la faccia, il nevischio negli occhi, amo il rumore della neve sotto i passi e il magico silenzio che scende sul paesaggio bianco non appena il vento si placa. D'estate, al contrario, mi sento come un pupazzo rotto. Tutto quello che faccio mi costa fatica, non ho voglia di muovermi e la capacità di concentrazione è ridotta al minimo. Se dovessi sdraiarmi a prendere il sole, come fanno molti, credo che impazzirei nel giro di una mezz'ora!

La neve compare spesso anche nei miei libri. Ricordi il finale di *Anima mundi*? Quando suor Irene muore, comincia a nevicare. La neve, con il suo lento cadere, dona pace e il candore luminoso con cui ricopre il mondo circostante ci ricorda la purezza a cui dovremmo costantemente tendere.

La purezza del cuore, dei sentimenti, dello sguardo.

Si parla molto di acqua e di aria pura, ma mai di questa condizione legata al nostro stato di esseri umani. Tutto quello che fa venire in mente il termine "purezza" è una qualche sorta di repressione di tipo sessuale. Non commetto atti impuri e dunque sono puro. Ma quanto è legata la purezza alla sporcizia e come si può definire un cuore sporco? Che cosa rende davvero un cuore sporco?

Mi capita spesso di incontrare persone che si lamentano perché nei miei libri le storie sono troppo dure. «Possibile» mi chiedono, «che veda tutto questo male intorno? Possibile che non creda alla bontà di cuore?» È vero, ho sempre avuto una grande predisposizione a percepire il male, la malvagità, il sentiero deviato del cuore. Sento e vedo il male intorno a me con sofferta lucidità. Lo riconosco anche quando, per ingannarci, si traveste da bene. Già a scuola Rousseau mi faceva sorridere. Come si può credere nell'innata bontà dell'uomo? La Bibbia è molto più realistica: "Il cuore umano è pieno di male fino dall'adolescenza" (*Gen.* 8,21).

In ognuno di noi si nasconde un piccolo assassino. In alcuni dorme un sonno profondo, in altri sonnecchia soltanto. La storia alle nostre spalle – e la cronaca dei nostri giorni – ci raccontano quasi con monotonia la banalità del male. Ricordo, ad esempio, la storia di due famiglie amiche e vicine di casa nella ex Jugoslavia. Figli della stessa età, compleanni insieme, gite al mare, le porte delle due case sempre aperte, un grande affiatamento. Poi scoppia la guerra e d'improvviso scoprono di appartenere a due fedi e a due etnie diverse. E allora una famiglia imbraccia il mitra e stermina l'altra.

Ecco, credo che il primo passo per intraprendere la strada della purificazione del cuore sia proprio quello di rendersi conto della sua straordinaria inclinazione verso il male. So che le mie mani possono sporcarsi di sangue, so che la mia bocca può spargere un veleno non meno letale. Chi pensa "a me questo non capiterà mai", parte con il piede sbagliato. È la presunzione a guidarlo, non l'umiltà.

Come posso, infatti, oppormi a un nemico di cui ignoro l'esistenza? Il cammino del cuore nasce dalla sua reale visione, non dalla sua mistificazione.

# Il demone della fretta

*28 febbraio*

L'idea che mi sottoponi mi sembra ottima. Vuoi provare ad entrare alla scuola per fisioterapisti perché, come dici, *ormai mi è chiaro che preferisco occuparmi di esseri umani piuttosto che di conti correnti*. È già un grande passo avanti, non trovi? All'inizio sapevi solo quello che *non* volevi fare, mettere a frutto la tua laurea in Economia e Commercio. Adesso sai quello che vorresti fare, occuparti delle persone che soffrono.

Ho diversi amici fisioterapisti e trovo il loro lavoro molto interessante. Conoscere il corpo, ascoltarlo, per riuscire a sconfiggere il dolore. Credo che sia un campo adatto ai curiosi come te, perché di sicuro ci sono tante cose da scoprire sull'enigmatico rapporto tra l'anima e il corpo. Lo sviluppo della nostra civiltà non ha mai favorito questo tipo di conoscenza.

Il "penso dunque sono" di cartesiana memoria è stato una pietra miliare nella negazione della totalità dell'uomo. Esiste la testa e il resto è solo un'ingombrante appendice. Lo vediamo ogni giorno nelle sale d'attesa dei medici, sugli autobus, per la strada, dove siamo circondati da corpi giovani e già estranei a se stessi.

Che abbaglio credere che la nostra mente sia in grado di decifrare la realtà, di renderla intelligibile, giustificata. Possiamo dare definizioni, naturalmente, e queste possono finire col rappresentare la nostra idea della vita. Ma non saranno mai la vita, non abbracceranno mai la sua misteriosa, affascinante e dolorosa totalità.

Comunque, vedi che per prendere una decisione hai dovuto lasciar passare del tempo e molto altro forse ne passerà prima che il tuo desiderio diventi concretezza. È difficile, di questi tempi, non farsi prendere da quella febbre malsana che è la fretta. Hanno tutti premura, corrono, come se fossero inseguiti da un branco di iene selvagge.

Ma cos'è questa continua fuga? È paura, impazienza, non voler mettersi in ascolto. Piuttosto che affrontare il vuoto, corro. Pur di non fronteggiare il silenzio, salto. Per non stare fermo, per capire qual è la strada giusta, imbocco la prima via che trovo. Dove va? Non importa! L'importante è muoversi, non farsi prendere dallo sconforto di non essere da nessuna parte.

Fuggo dal grande buio, dalla plaga color inchiostro che si spalanca al di là dei giorni. Fuggo dalla enorme domanda che pone la morte a chi si ferma. C'è un senso in tutto questo o l'esistere è soltanto l'ombra di un sogno, il delirio di una mente folle? "Siediti e aspetta", scrive la nonna alla nipote nella pagina finale di *Va' dove ti porta il cuore.* "Respira con la profondità fiduciosa con cui hai respirato il giorno in cui sei venuta al mondo, senza farti distrarre da nulla, aspetta e aspetta ancora."

Come una pianta che, per crescere rigogliosa, necessita della giusta quantità di luce e di acqua, così la vita interiore, per procedere nella verità, ha bisogno dell'immobilità e della pazienza. Una decisione presa in fretta, molto presto taglia le gambe a se stessa. Una risposta afferrata nel mucchio è diversa da una scelta fatta dopo averne scartate molte, perché la nostra mente, contrariamente a quanto si crede, non è fonte di verità ma di confusione.

Per cominciare a capirlo, non devi fare altro che provare ad interrogare i tuoi pensieri. Da dove vieni? Chi sei? Dove mi vuoi portare? Vedrai che, uno dopo l'altro, si affloosceranno come dei *soufflé* appena tolti dal forno. Uno veniva dalla paura, un altro dall'invidia, il terzo era il desiderio di rivalsa. Sotto interrogatorio, ognuno mostrerà il suo ambiguo volto.

E quando davanti ai tuoi occhi la verità apparirà nella sua perfetta definizione intellettuale, sfiorala con un dito e falla scoppiare come una bolla di sapone, perché la verità è splendore e non definizione. E la sua forza non è la comprensione, ma l'amorosa energia sprigionata dallo Spirito.

# Un male inevitabile e il male che viene da noi

*14 marzo*

Quest'anno, per Pasqua, il grande bosco di querce che vedo dalle mie finestre sarà ancora spoglio. Le querce sono gli ultimi alberi a perdere le foglie e sono anche gli ultimi a ricoprirsi nuovamente, offrendo al nostro sguardo il verde tenero dei germogli. In primavera e in estate dimentico sempre quanto sia triste la nudità autunnale delle piante. I rami fitti e scuri sembrano graffi nel cielo, sotto, l'erba è gialla, mischiata al fango. Poche le note di colore: le bacche di rosa canina, la fusaggine, le piume dei cardellini.

Se torno indietro, alla Pasqua nella mia memoria infantile, ricordo giornate tiepide, piene di sole. Gli alberi avevano già le foglie e gli uccelli volavano indaffarati tra i nidi. Non si metteva più il cappotto e la scampagnata di Pasquetta era un preludio dell'estate.

Chissà se è la memoria a tradirmi, o se davvero i mutamenti climatici di questi ultimi anni hanno stravolto la ritualità "meteorologica" delle feste? L'anno passato, a Pasqua, la neve è caduta abbondante e non è andata molto meglio neppure negli anni precedenti. Pasque cupe, invernali, in qualche modo contraddittorie, perché la Pasqua è la festa della vita che trionfa e sconfigge la morte.

*Quando rimango in casa un intero pomeriggio a guardare la televisione*, mi scrivi, *alla fine mi prende l'angoscia. Mi sento depressa, per questo me ne sto lì immobile. Ma più sto immobile davanti allo schermo, più mi deprimo. È un gatto che si morde la coda. Vedo cose noiose, stupide, volgari ma non riesco a ribellarmi. E poi male, solo male. Ogni telegiornale è come una diga che si apre e ti scaraventa addosso tonnellate di dolore, di disperazione, di crudeltà, di morte. Come si fa a pensare che Qualcuno abbia a cuore la nostra sorte, se il mondo è quello che è? Perché non interviene? Forse non c'è nessuno. O forse è pigro o pauroso. Qualcuno che non ha voglia o non può intervenire. Viene solo voglia di sprofondarsi ancora di più in poltrona.*

Quello che tu dici è il baluardo a cui moltissime persone si aggrappano per evitare di fare un solo passo sul terreno minato della fede. Se c'è il male, dicono, non può esistere Dio, perché, per definizione, Dio è buono. La religione è dunque solo una favoletta per far dormire tranquilli i bambini e gli ingenui.

Davanti a questa affermazione, a me vengono in mente altre domande. Come sarebbe, ad esempio, un mondo in cui esistesse solo il bene?

Quale sarebbe il destino dell'uomo, in un universo già così compiuto? E ancora: il male cade solo dal cielo o viene anche da noi stessi? Se guardi con più attenzione ti puoi infatti rendere conto che c'è un male inevitabile e un male al quale si può porre rimedio. Un male "interrogazione" e un male "risposta". Il male interrogazione è quello delle grandi catastrofi, delle malattie, della corruzione dei corpi innocenti. Questo male, è vero, non ha risposta. Almeno non qui, non ora, non con la nostra piccola mente di uomini. Il male risposta è quello che viene dalla nostra cecità, dai cuori ubriachi di sé, narcisi, arroganti. Agisco per il mio interesse, per il mio privilegio, per la mia realizzazione, agisco scavalcando gli altri, ignorandoli, usandoli. Il cuore chiuso in se stesso come una fortezza in breve emana veleni, si intossica e inquina l'ambiente che gli sta intorno.

Ma i veleni, per fortuna, hanno un antidoto. Posso reagire al mio egoismo, alla mia cattiveria, alla mia sciatteria, mettendomi in cammino sulla strada della spoliazione. Accogliendo l'umiltà e la parola di Colui che, più di ogni altro, ce l'ha insegnata.

## Il timore perduto e i bisogni superflui

*21 marzo*

Proprio oggi, il primo giorno di primavera, mi arriva la tua lettera in cui mi chiedi cos'è che mi fa più paura. È una domanda che mi fanno spesso, anche nelle interviste. «Che cosa teme?» «Qual è la sua fobia?» Devo sempre deluderli! Anche se, come simbolo del mio carattere, ho eletto il coniglio, non ho fobie o terrori che paralizzino la mia vita. Più che paura, in realtà il mio è un sentimento di timore. Cammino piano guardandomi intorno e, prima di compiere un'azione, medito a lungo.

Ci sono comunque molte cose che mi preoccupano. La prima tra tutte è la situazione in cui ormai versa il Creato.

Vivendo in campagna, vedo cose che non vorrei vedere. I meli e i lillà che fioriscono in novembre. Le talpe che salgono in superficie e muoiono avvelenate dai diserbanti. Gli uccelli che smarriscono il giusto tempo della migrazione. Il mondo naturale è in perenne mutamento, ma fino al secolo scorso ogni cambiamento era dovuto sempre a un'energia sprigionata dalla natura stessa. Solo nel XX secolo si è aggiunto, in maniera sempre più determinante, l'intervento dell'uomo. Lo spirito con cui l'ha fatto non è stato, però, di comunione, ma di predazione.

Presunzione, ignoranza e avidità sono i criteri che guidano il rapporto degli esseri umani con l'ambiente. Cosa importa se i boschi muoiono? Se gli animali impazziscono, se le piante non conoscono più le stagioni? L'importante è avere sempre l'ultimo modello di telefonino, cambiare macchina ogni anno, andare in vacanza dall'altra parte del mondo.

Anche la Chiesa, purtroppo, per lungo tempo ha abdicato al suo ruolo profetico. Fondamentale è la salvezza dell'uomo! Ma gli esseri umani non si salvano, se non si salva anche il Creato. Non si salvano, se non ritrovano lo stupore, la meraviglia per tutto ciò che vive loro intorno. Se non riscoprono il timore e, con esso, il gusto di custodire invece che distruggere.

Un'altra cosa che mi inquieta è il "liberismo interiore". Il credere, cioè, che l'unico fine delle azioni sia quello di aumentare il nostro benessere personale. Devo essere felice, mi devo realizzare. Non importa se questo va a scapito di altri valori. Non c'è più un Giudice, non c'è più una coscienza. Decine di anni di psicanalisi e psicologia mal masticate e mal digerite ed ecco, la frittata è fatta. Agisco per me stesso, mi muovo nella vita come le amebe ciliate, alla continua e frenetica ricerca di nutrimento. Ma il movimento scomposto delle amebe non porta in realtà da nessuna parte. Se voglio realizzare qualcosa, non posso solo avere un progetto, ma anche la volontà di seguirlo.

Volontà! Alle volte quando sento questa parola, penso a certi molluschi bivalvi che si trovano sulla spiaggia. La conchiglia è bellissima ma se li apri, dentro non trovi niente.

L'unica volontà che ci è concessa è quella che mira all'esaudimento dei bisogni superflui. Di quella vera, che costruisce, si sono perse le tracce. Perché la volontà è un'attitudine severa e prospera nei terreni più ingrati. Avvizzisce nella morbida fertilità dell'indolenza mentre cresce rigogliosa nella fatica e nello sforzo. La volontà richiede rinuncia e vigilanza, oltre all'esercizio costante della scelta. Ad ogni bivio, ad ogni incrocio, imbocco una strada e scarto l'altra. La scarto anche se è più attraente, più piana, più soleggiata, anche se tutti mi biasimano per non averla scelta.

Senso comune e cammino spirituale spesso non vanno d'accordo perché, dove uno cerca l'accomodamento con il mondo, l'altro richiede il distacco. Dove uno pretende il vantaggio della sopravvivenza, l'altro persegue la gioia della vita senza tempo. Una gioia vissuta già qui, nell'intimità di ogni giorno.

# Il vero significato della Pasqua

*28 marzo*

Mi scrivi che sei indecisa sul cosa fare per le vacanze di Pasqua. Tre giorni a Parigi con un'amica o un anticipo di sole in Sicilia dai tuoi cugini? *Finirà come ogni volta*, osservi, *tra un'incertezza e l'altra, perderò il treno e resterò a casa con un umore sempre più nero. Ma perché anche per Pasqua dobbiamo pagare un tributo all'ansia? Bisogna muoversi, andare, partire. Se non lo fai, ti senti uno sciocco. Per di più, la festa religiosa non induce a quel benefico stato di rilassatezza che provoca il Natale. Il 25 dicembre si festeggia un bambino appena nato, a Pasqua, invece, il nostro pensiero va a un uomo che muore tra i tormenti. Non viene forse voglia di fuggire a mille miglia?*

Anch'io mi sono interrogata sull'ansia cinetica che induce il ponte di Pasqua nelle persone. Sarà colpa del detto "Natale con i tuoi, Pasqua con chi vuoi?". Oppure del fatto che è il primo fine settimana allungato che va incontro al sole dell'estate? Se si ha fortuna, ci si può già abbronzare.

Nella nostra società, ormai, il tempo è diviso in due grandi settori: il periodo del lavoro e quello del divertimento. Si incalzano come due lastre di ghiaccio al disgelo e non lasciano spazio ad altro. Così le nostre vite vengono invase dall'ansia: avrò visto, viaggiato, comprato, mi sarò svagato abbastanza o potevo fare di più? E cosa mi inventerò per il prossimo ponte, per le ferie imminenti?

Il tempo diventa allora un mostro che divora se stesso e, alla fine, ingoia anche le nostre vite, spossessandole dell'unica dimensione vera, quella della stabilità e dell'approfondimento.

Di quanto sia malato il nostro rapporto con il tempo mi sono resa conto una ventina di anni fa, la prima volta che sono andata in Israele. Lì ho conosciuto il rispetto del sabato e me ne sono subito innamorata. Nel mio racconto *Per voce sola*, il padre della protagonista ne spiega così la ragione: "Guarda, vedi, è tutto doppio", dice alla bambina. "Lo sai perché? Perché oggi, solo oggi, vedi con due occhi, con gli occhi tuoi e con quelli dell'anima."

Vedere con gli occhi dell'anima! Che disperato bisogno abbiamo di uno sguardo simile, che scavalchi l'ovvietà dei giorni per tuffarsi nello stupore, di uno sguardo libero dal consumo del tempo e innamorato del mistero.

Con uno sguardo così, potresti affrontare anche la Pasqua, stare davanti al sepolcro – che tu dici freddo – e scoprire che invece è caldissimo, anzi incandescente, e che da lì emana una luce unica, vittoriosa, capace di stravolgere l'economia del mondo. La Pasqua non è ciò che tu pensi – la punitiva e macabra celebrazione della morte di un uomo sulla croce – ma la trasformazione della morte in vita. E non riguarda soltanto un uomo giustiziato duemila anni fa, ma ogni uomo nell'istante stesso in cui apre gli occhi.

Molte persone, pur battezzate e cresimate, sono convinte che il punto cardine del cristianesimo, ciò che lo distingue, sia l'imperativo della bontà. Bisogna volersi bene, perdonarsi. Ma questo lo dicono tutte le fedi, anche la fede laica della coscienza.

La parola cardine del nostro credo non è un sostantivo o un aggettivo ma un verbo sospeso tra il participio e l'infinito. Il Risorto, il risorgere.

Il Risorto chiede a noi di rinascere, ogni giorno, di distaccarci dal nostro piccolo Io prepotente, per far vivere in noi un Tu più grande, di morire ai nostri attaccamenti, alle nostre sicurezze, per far spazio al deserto e attendere la pioggia. Quell'acqua che scende dal cielo e fa fiorire anche la sabbia.

# La cultura è in grado di fronteggiare la barbarie?

*4 aprile*

Oggi, guardando il calendario, ho pensato alla mia bisnonna. Era nata a Marsiglia, proprio ai primi di aprile, l'anno credo fosse il 1882. Essendo morta alla soglia dei cent'anni, ha potuto assistere a tutti i cambiamenti del XX secolo. Ha conosciuto il mondo lento dei pedoni e delle carrozze e quello frenetico delle automobili, ha sentito per la prima volta gracchiare un disco su un grammofono e visto le prime immagini in bianco e nero della televisione. Per convincerla del fatto che la televisione si poteva vedere senza essere visti c'era voluto un bel po' di tempo, si rifiutava di accenderla se nella stanza c'era disordine o se era in vestaglia. Ogni volta che la presentatrice diceva «Buonasera» lei le rispondeva garbatamente «Buonasera a lei».

In poco più di un secolo, l'acceleratore della storia è stato spinto al massimo. Basta pensare ai mezzi di locomozione: dai tempi preistorici fino a metà del XIX secolo, l'essere umano si è mosso solo grazie alle sue forze e a quelle degli animali da lui addomesticati. Con la scoperta del motore a scoppio, tutto è cambiato. È nata la velocità e l'uomo ha cominciato a spostarsi sempre più rapidamente. Questo movimento, come il vortice di una tromba d'aria, ha risucchiato tutti gli altri aspetti della vita.

In tempi brevissimi, la tecnologia ci ha proiettato in un mondo in cui tutto è possibile, o perlomeno sembra. Questo apporta profonde modifiche intorno a noi, nell'ambiente, nei rapporti, persino nel nostro sistema percettivo. Le mani sono più veloci, gli occhi più mobili, è mutata la capacità di coordinazione tra la mente e il corpo. Ma in noi, nella parte più profonda di noi, che cos'è cambiato?

Nel secolo vissuto dalla mia bisnonna ci sono state due guerre mondiali oltre a un grande numero di conflitti minori. Il millennio che si è appena aperto è stato funestato anch'esso dal sibilo delle bombe, dal loro schianto: lunghe file di esseri umani disperati che cercano di mettersi in salvo con le loro poche cose e, da un'altra parte del mondo, migliaia di persone prigioniere di due torri di fuoco, frantumate dalla follia terroristica.

Il Novecento è anche il secolo in cui è stato concepito e messo in atto il nazismo. Non è sorto in qualche sperduto paese centroafricano, frutto di faide tribali, o tra popolazioni abituate al cannibalismo. No, è nato ed è cresciuto in Germania, nel paese della filosofia, della musica, della poesia. Agli inizi degli anni Venti, la grande cultura europea si era già espressa al suo massimo ma questo non ha impedito il diffondersi dell'orrore. Anzi. Una volta ho domandato a un amico tedesco come avesse reagito il padre all'imporsi di questa follia. A quei tempi era professore di filosofia all'università. «Come volevi che reagisse?» mi ha risposto. «Come tutti gli altri. Andando avanti.» «E cioè?» «Aveva un quartetto d'archi insieme a degli amici. Uno di loro era ebreo. Un certo giorno, l'ebreo non si è più presentato.» «E allora?» ho chiesto con apprensione. «Niente. Hanno modificato il repertorio. Invece di quartetti hanno suonato dei trii. Cos'altro potevano fare? Si rischiava la morte.»

Questa scena dei tre uomini che suonano con un leggio vuoto accanto mi è rimasta a lungo in mente. Quei professori, così concentrati sui loro spartiti, conoscevano la bellezza espressa dalla musica, dall'arte, la complessità della filosofia, ma umanamente erano prigionieri della stessa debolezza di Pietro che, per tre volte, dopo l'arresto di Gesù, negò di essere suo discepolo.

Sorge allora spontanea una domanda. Fino a che punto l'arte e la filosofia sono capaci di modificare il comportamento umano? La cultura è davvero in grado di fronteggiare la barbarie? O è soltanto un debole baluardo?

## Un individuo può opporsi al male della storia?

*11 aprile*

Questi tempi così contraddittorii ci portano a interrogarci sulle nostre responsabilità individuali, perché la storia è fatta sì dai grandi, dai capi, dalle nazioni, ma anche da noi singoli, dalle nostre scelte, dalla nostra volontà di accettazione o rifiuto della folle volontà di distruzione.

Ritorno sul discorso del nazismo perché è stato il *Leit motiv* ossessivo della mia infanzia. Quando avevo poco più di dieci anni mio fratello maggiore, appassionato lettore di "Storia illustrata", mi aveva fatto credere, non senza un certo sadismo, che il corpo di Hitler non era mai stato trovato nel bunker e che dunque, con ogni probabilità, stava organizzando, in qualche paese del Sud America, la grande rimonta mondiale del suo partito. Questa notizia mi aveva gettato nel terrore. Ero convinta che sottoterra corresse un reticolo di gallerie e che da lì, a un segnale convenuto, svellendo i tombini, con zampe unghiate e musi rabbiosi, i nazisti sarebbero tornati a devastare il mondo.

Se hai letto il mio racconto *Per voce sola*, ti sarai accorta che ho attribuito questa fantasia alla figlia della protagonista. Non facevo altro che pensare: come bisognerà comportarsi se tornano? Nascondersi? Fingere di stare al gioco per salvare la pelle? Opporsi? E se prendono una persona cara? Scegliere la morte con lei o cercare di salvarsi? Tormentavo anche la mia compagna di banco. «Cosa ne pensi? Qual è la giusta cosa da fare?»

Un giorno la professoressa ci ha interrotte: «Di cosa state parlando?». Dopo la mia breve spiegazione, ha commentato: «Che sciocchezze! Di sicuro stavate parlando di vestiti». Chissà perché è così difficile accettare la profondità dei bambini! Comunque questo tormentone infantile mi ha lasciato dentro una domanda: dove si trova l'antidoto efficace al grande male esterno, quello della storia che arriva imprevisto e ti travolge?

Dalle mie parti, durante il picnic di Pasquetta, si usa combattere a colpi di uova sode. Si stringe l'uovo in pugno e lo si getta su quello dell'avversario. Vince chi riesce a non rompere il proprio.

Molti pensano che lo scontro tra il bene e il male sia diretto, come quello delle uova pasquali. L'impatto è frontale e a vincere è la durezza del guscio, unito alla forza e alla velocità dell'impatto. Basta comportarsi bene, avere dei buoni sentimenti, amare e comprendere le cose belle per essere in grado di opporsi al manifestarsi della belva che sonnecchia in noi e nella storia. Il male, insomma, si combatte con l'assiduità speculare del bene. E, in effetti, anch'io tante volte te l'ho scritto. Il male si contrasta scegliendo, in ogni istante, il bene.

Ma a chi si riferisce, su cosa si fonda questo bene? Se è basato esclusivamente sulla correttezza dei principi etici, sulla riflessione filosofica, spesso somiglia al reticolo di ghiaccio che si forma, di notte, sulle foglie: ai primi raggi del sole, svanisce.

Per resistere agli urti e agli sbalzi, il bene deve avere le sue radici in alto, in un mondo che ci trascende e che, con la sua soprannaturalità, illumina l'oscurità del nostro. Solo allora forse è possibile passare dal ruolo di spettatori a quello di testimoni della speranza. Penso ad esempio a Josef Mayr-Nusser, il giovane padre di famiglia altoatesino, che preferì essere giustiziato piuttosto che giurare fedeltà a Hitler e ai tanti altri come lui che, nelle pieghe silenziose della storia, con serenità e fermezza, si sono opposti al dilagare della barbarie assassina.

# La ricerca della felicità

*18 aprile*

Mi hai scritto una lettera di ritorno da una passeggiata nel parco vicino a casa. *Quasi per magia*, dici, *lo zainetto di tristezza che mi porto sempre dietro è svanito. La giornata era bellissima. I bambini giocavano nei prati e gli anziani, seduti sulle panchine, si godevano i primi raggi caldi della stagione. Nelle aiuole, spuntavano già le primule e le viole e, sopra di me, stavano schiudendosi i magici candelabri bianchi e rosa degli ippocastani. Camminando tra i vialetti, senza quasi rendermene conto, ho cominciato a respirare più profondamente. Per alcuni preziosissimi istanti mi sono sentita parte attiva del grande processo della vita. Tutto splendeva intorno e anch'io avevo voglia di cantare. Ma quando sono uscita dal parco, la voglia mi è passata. L'aria era irrespirabile e il rumore dei clacson assordante. Due automobilisti si sono messi a litigare ferocemente. Perché il senso della felicità è sempre così breve? E poi, esiste davvero la felicità?*

La felicità! Che mitica, straordinaria, inafferrabile parola! Ogni essere umano vi aspira, eppure è così difficile da raggiungere e da definire. Si sa bene, invece, che cos'è l'infelicità. È la condizione in cui mediamente si trascorre gran parte della vita.

In un libro di Lina Schwarz, *Ancora e poi basta*, che leggevo sempre da bambina, c'è una filastrocca che ricordo ancora.

Se facessi il panettiere?
Oh, ma scotta troppo il forno.
Se facessi il muratore?
Ma è un mestiere tanto duro.
O se andassi marinaio?
Ma del mare ho un gran terror.

Il "se" sembra essere l'indispensabile preludio alla felicità. Se fossi più alto, più magro... Se avessi un amore... Se fossi un campione, un divo della televisione... Se avessi un lavoro, una casa... Se vincessi la lotteria... Il mondo dei "se" è un vortice, una voragine, un buco nero. Basta perdere l'equilibrio un istante e ci si finisce dentro.

Ma la felicità è davvero legata solo alle cose che non possediamo?

Quando penso alla felicità totale, senza condizioni, mi vengono subito in mente i cani. A casa, come sai, ne ho ben sette e ognuno di loro si comporta in modo diverso. Il cane da pastore è appagato quando la sera va a prendere le capre al pascolo e le riporta nella stalla. Quello da caccia si illumina quando lo porto con me nel bosco, lui è tutto olfatto ed è quando il naso segue una traccia che gli brilla lo sguardo. Il volpino è contento quando, con il suo acutissimo latrato, mi può avvisare dell'arrivo di qualcuno, mentre per l'incrocio di Terranova l'allegria massima è quella di tuffarsi nell'acqua del lago. E il lupo cerebroleso? Lui è l'espressione vivente della felicità quando, almeno per un istante, può correre come gli altri. Il cane, insomma, è soddisfatto quando può adempiere al compito per cui è nato.

Anche per noi dovrebbe essere così, non credi? La cosa grave è che non lo ricordiamo più. Abbiamo cancellato la nostra essenza più profonda per sostituirla con l'obbligo di venire serviti. Siamo qui per ottenere, perché le cose ci vengano date.

E se invece il cammino di compimento degli esseri umani fosse di segno esattamente opposto? Se la parola d'ordine non fosse possesso, ma perdita? Se la pienezza non consistesse nel dominio, ma nell'umiltà del servizio? Se, invece di essere delle macchine quasi perfette immerse in un mondo senza scopo, fossimo soltanto dei figli in cerca della strada che porta nuovamente alla casa del Padre? E se la felicità fosse tornarvi?

# Il nostro Paese

## *25 aprile*

Siamo già al 25 aprile, la Festa della Liberazione! L'estate è praticamente alle porte. Quando ero bambina adoravo questo periodo. Da Pasqua in poi, era tutto un rincorrersi di feste, la bora si addormentava, raggomitolandosi come un gatto davanti al focolare, e finalmente ci lasciava in pace. Si potevano mettere via i cappotti, le sciarpe. Presto, dal porto sarebbe salito l'odore salmastro del mare. Fuori dai bar, sarebbero apparsi quei meravigliosi cartelloni di latta con le fotografie dei gelati e, all'uscita da scuola, avremmo finalmente potuto salire sull'autobus per andare allo stabilimento balneare.

Da laggiù, vedevo salpare le navi, osservavo le lente manovre delle gru dei cantieri. L'acqua era scura, cupa, striata dalle scie iridescenti dei carburanti. Potevo stare ore a scrutare, tra le assi del pontile, i suoi riflessi.

Pasqua, 25 aprile, Primo maggio, Pentecoste e Festa della Repubblica erano come perle luminose infilate nell'invisibile filo che univa la prigionia scolastica dell'inverno alla libertà di movimento dell'estate.

Non avevo idea di che tipo di feste fossero. Sapevo solo che mio nonno, per il 25 aprile e per il 2 giugno, prendeva dall'alto dell'armadio una scatola di legno – che un giorno doveva aver contenuto un liquore – e ne tirava fuori la bandiera. A quel tempo, noi nipoti non capivamo bene il senso di quel pezzo di stoffa. Ricordo l'ira improvvisa del nonno quando ci ha sorpresi sulla sedia, pronti a impadronircene per non so più quale gioco. «Per questa», aveva detto, «sono morte tante persone! Non è uno straccio, ma un simbolo a cui si deve il massimo rispetto!» Lui aveva combattuto in due guerre, era stato ferito più volte, aveva ricevuto delle medaglie. Come non credere alle sue parole? Da quel giorno abbiamo guardato la bandiera con un timore reverenziale.

Disprezzare il proprio Paese è un'attività molto in voga tra gli intellettuali. Quante volte, in questi anni, mi sono sentita dire: «Ma come fai a stare qui? È a Parigi che bisogna vivere. Lì c'è cultura, civiltà. A Parigi o a New York! Non in questo paese arretrato, corrotto, mafioso, fascista nel profondo». Mi è sempre sembrata un'affermazione venata di provincialismo.

Io amo il mio Paese. Non c'è nessun altro luogo al mondo nel quale vorrei vivere. Lo amo e soffro, perché l'amore non fa chiudere gli occhi sulle mancanze, semmai li spalanca di più. Soffro e mi arrabbio. Come si può avere fiducia in una classe politica i cui rappresentanti passano il tempo ad insultarsi gli uni gli altri, offendendo in questo modo anche l'intelligenza e la pazienza di chi li ascolta? Ingenuamente ritenevo che a governare la cosa pubblica dovessero essere le persone più sagge, le più equilibrate, le più competenti in materia. Per le stesse ragioni, reputavo che la carriera politica fosse strettamente legata alla passione, al sacrificio, all'amore per il proprio Paese e non alla volontà di denigrare sistematicamente anche quello che c'è di buono e costruttivo nella parte avversa.

In questo triste contesto, le poche persone sinceramente innamorate della loro missione – che per fortuna esistono – rischiano di fare la fine delle anfore di coccio tra vasi di ferro. Il nostro Paese procede come un gambero, non appena ha fatto un piccolo passo in avanti sulla strada della civiltà, subito si ritrae di due, per paura di scontentare gli elettori.

La moneta unica ci ha portato in Europa, ma la fumosità burocratica delle nostre leggi ci rende molto più simili ai Paesi del Terzo Mondo. Per rendersene conto basta pensare alla reale condizione degli anziani, delle persone malate o portatrici di handicap, degli stranieri, dei senza casa, delle madri sole, costretti a mendicare – tra malfunzionamenti, soprusi e clientelismi – quel minimo di dignità generalmente garantita dalle società civili.

Perché la civiltà non si misura con monete, bei discorsi, numero di canali televisivi e promesse elettorali, ma dal livello di dignità di vita che è in grado di offrire ad ogni singolo cittadino.

# La presunta superiorità del disincanto

*5 maggio*

"Ei fu. Siccome immobile/ dato il mortal sospiro,/ stette la spoglia immemore/ orba di tanto spiro,/ così percossa, attonita/ la terra al nunzio sta/ muta pensando all'ultima/ ora dell'uom fatale;/ né sa quando una simile/ orma di piè mortale, la sua cruenta polvere/ a calpestar verrà."

Sono sicura che anche tu, con poco sforzo, sei in grado di continuare le strofe di Manzoni. Non esiste un solo italiano scolarizzato che, alla data del cinque maggio, non scatti automaticamente a ripetere questi versi. Mi è capitato di fare dei sondaggi in questi anni. «Mi reciti *L'infinito* del Leopardi?» chiedevo ai miei amici. E subito partivano orgogliosi: "Sempre caro mi fu quest'ermo colle e... e..." con altrettanta rapidità si fermavano, farfugliavano qualcosa di confuso e poi, con un sospiro liberatorio, concludevano "e il naufragar m'è dolce in questo mare". Se invece li provocavo sul *Cinque maggio*, subito rullavano i tamburi e senza mai prendere fiato arrivavano dritti fino al "muuuta" modulato con lo stesso vigore con cui ululano i cani da caccia.

La memoria è misteriosa, bizzarra, salva quello che non ti interessa e butta via quello che ti farebbe piacere conservare. Ne ho avuto la riprova, con una mia amica olandese. Pioveva e non sapevamo cosa fare, così ci siamo messe a guardare i libri della mia biblioteca. In breve, abbiamo scoperto di avere una gran quantità di letture in comune e di non ricordarci quasi niente, né una trama né un personaggio, l'unica vaga sensazione riguardava il livello di gradimento: se ci aveva emozionato, annoiato, fatto arrabbiare. Alla fine, ci siamo guardate negli occhi e siamo scoppiate a ridere. A cosa era servito leggere tutti quei libri?

Una volta, al termine di un'intervista, una giornalista mi ha detto: «Ecco, ora capisco perché tanti la detestano. Lei parla di arte, di bellezza, di poesia come se fossero cose vere, cose in cui credere». «E perché mai non dovrei?» le ho chiesto. «Perché sono convenzioni», ha risposto tranquilla.

Una delle più grandi violenze che il pensiero moderno ha imposto all'uomo è proprio questa: l'aver suggerito che non esistono fondamenti credibili. Ogni cosa non esiste per il senso che ha, ma unicamente come "segno" di qualcos'altro. Tutto è finzione e dunque facilmente smontabile e ricostruibile. È questo che fa l'uomo di cultura. Smonta e rimonta, divertito dalla sua abilità. È solo un gioco e, in quanto tale, fine a se stesso.

Scissa dal sentimento spirituale, la pratica dell'intelligenza diventa facilmente esercizio del vuoto e della crudeltà. In virtù della mia saggezza, mi metto su un piedistallo, praticando la superiorità del disincanto. Conosco le regole e so che sono figlie della mente e del caso. Al massimo posso divertirmi come fa il gatto con il topo. Le credenze, le superstizioni, le illusioni e i sentimentalismi li lascio agli altri, alla folla dei ciechi, degli ignoranti, a quegli "altri" che Sartre definiva essere "l'inferno".

In questa cecità, i cantori del disincanto non vengono mai sfiorati da un dubbio. Vivono immersi in una claustrofobica noia e sono convinti che sia l'essenza del vivere. Il loro tedio genera sarcasmo e cinismo. Li usano costantemente per abbattere, umiliare, deridere tutto ciò che si sottrae alla loro visione del mondo. Sono gli assassini dello stupore, della gratitudine, della gioia. Sono anche povere mosche in trappola, prigioniere di una ragnatela di fili invisibili in cui da soli si sono avvolti. E più si muovono, più sono condannati. Il ragno sta arrivando. Non c'è più tempo per contemplare il cielo né per ascoltare il vento.

# Gli occhi dell'anima

*12 maggio*

Ho ricevuto la lettera in cui mi racconti della prima comunione di una cuginetta. *La giornata era splendida e ho passato delle ore piacevoli con mia madre e dei parenti che non vedevo da tempo. La sera, però, sono tornata a casa inquieta. C'era stato un bel pranzo all'aperto, i bambini si erano rincorsi intorno ai tavoli, le festeggiate avevano esibito con orgoglio i loro vestiti bianchi, ma il senso qual era? Si trattava di una festa religiosa e dunque, in qualche modo, come dici tu, doveva riguardare lo Spirito, ma io non l'ho percepito. Ho visto solo pance piene, bicchieri vuoti e l'indefesso lavorio delle macchine fotografiche e delle videocamere.*

Anche mia nipote, la domenica scorsa, ha fatto la prima comunione nella chiesa della comunità tedesca di Hong Kong. Data la distanza e i miei impegni, purtroppo, non ho potuto essere con lei, però, nei brevi periodi che trascorre in Italia, avevo cominciato a prepararla all'evento, portandola a messa. La prima volta è stata una vera e propria folgorazione: tutto era nuovo, l'ambiente, i gesti, la gente. Invece di essere irrequieta, come spesso capita ai bambini, se ne stava assorta, silenziosa. Soltanto al momento della comunione mi aveva tirato la manica, sussurrando con meraviglia: «Zia! Il prete mangia i *chipster*!».

In un mondo totalmente secolarizzato, che spazio rimane per le feste che accompagnano il cammino della fede? Chi si ricorda che esiste una dimensione "altra", che non si esaurisce in un fatto mondano, ma che è segno di un mistero? Un mistero che richiede attenzione, silenzio, meraviglia e dà senso, gioia, compimento alla nostra vita?

Battesimi, comunioni, cresime e matrimoni si sono trasformati ormai unicamente in avvenimenti sociali e vengono vissuti come dei passaggi obbligati, una sorta di forche caudine da attraversare per essere accolti nella normalità della vita. Ma, come tutti i riti obbligati, possono suscitare nelle persone più sensibili sentimenti contraddittorii. Perché? ci si chiede. Per quale ragione siamo costretti a fare tutto questo? C'è un senso? E se c'è, dov'è?

Ti ricordi quando abbiamo parlato del sabato ebraico e del doppio sguardo? Ecco, credo che per capire i sacramenti e avvicinarsi alla loro verità, bisogna riaprire quegli occhi chiusi da troppo tempo, che forse non si sono mai aperti. Gli occhi dell'anima. Teniamo sempre spalancati quelli della definizione, della comprensione razionale. Guardiamo le cose e ci rispondiamo: "No, non è possibile credere a questo".

Ma la fede non è il mondo del possibile! È piuttosto quello dell'impossibile che, a un tratto, diventa possibilissimo. Senza questa dimensione, il battesimo è soltanto dell'acqua fredda versata in testa, la comunione una specie di merenda per bambini vestiti a festa e il matrimonio lo scambio lussuoso di due anelli che ben presto diventeranno una catena.

Il tempo lineare delle nostre vite, per diventare espressione della maturità, ha bisogno di essere attraversato in filigrana da una dimensione diversa, che agisce e ci trasforma per mezzo dei sacramenti, della Grazia che da essi discende. E la Grazia, per fortuna, scende comunque anche se, invece di raccoglierci in preghiera, gozzovigliamo e scattiamo foto.

Ecco, alle volte penso proprio che la Grazia sia come un piccolo tarlo, entra in noi e non ce ne accorgiamo. Mentre facciamo la vita di sempre lei, piano piano, scava, agisce al nostro interno, galleria dopo galleria, nel silenzio e nell'oscurità e divora tutte le nostre certezze. Siamo sicuri di essere ancora forti ma non lo siamo affatto, basta un colpo di vento e tutto crolla, ci scopriamo nudi, senza casa né orizzonte. E, a un tratto, ecco, siamo davvero svegli.

## Il tuo Maestro interiore

*19 maggio*

Eccoci a Pentecoste, la celebrazione cenerentola del calendario cristiano! Tanto infatti la Pasqua e il Natale sono i cardini dell'anno temporale, anche per chi non crede, altrettanto nel nostro mondo secolarizzato la Pentecoste passa totalmente inosservata. Cade sempre di domenica e dunque non è cumulabile come *bonus* per l'allungamento di un ponte, non scatena nessun rituale consumistico e quindi non compare sui media. Al massimo, quand'è il suo tempo, ci si ricorda che l'estate incalza ed è ormai tempo di organizzare le vacanze. Per di più, come giustamente osservi, *non si capisce cosa ci stia a fare quella sparuta colomba bianca. Cosa c'entra? Chi è? Ci deve forse dire qualcosa o è solo scenografia?*

Quand'ero bambina, condividevo il tuo turbamento. All'epoca dei sussidiari, la trinità era rappresentata come un triangolo dai contorni dorati sospesa in mezzo al cielo. In alto ci stava il "Capo", cioè Dio Padre e, sotto di lui ai due vertici, Gesù Cristo e una colomba bianca.

A volte, poi, nel centro, compariva un grande occhio di un vecchio con le sopracciglia bianche, per niente rassicurante. Del Capo sapevamo che era Onnipotente e, personalmente, ritenevo quel suo infinito potere un po' sinistro, visto che ordinava a padri amorosi di sgozzare i figli come capretti. Della storia di Gesù conoscevamo tutto il percorso, dal Natale alla Pasqua, ma di quella colomba, a parte il suo nome – Spirito Santo – già ripetuto nel segno della croce, non sapevamo proprio niente. Cosa ci faceva quella mite creatura, rappresentante di un altro ordine di vita, nelle vicende terribili di dolore, morte, potere e sofferenza che ci raccontavano?

Adesso credo che il catechismo venga fatto in modo diverso, ma allora non si teneva in gran conto la capacità di percepire dei bambini. Bisognava imparare a memoria le storie e sapere rispondere alle domande. Il fatto che quei racconti, tranne poche eccezioni, provocassero uno stato d'animo diviso tra la noia e l'angoscia non interessava proprio a nessuno. Nella mia mente infantile avevo già avvertito il mistero e la grazia dell'esistere, ma su quel Mistero e su quella Grazia, durante le interminabili ore di dottrina, non ho mai sentito dire una parola. C'erano le leggi, i doveri e delle cose poco credibili alla luce della ragione, ma alle quali bisognava per forza credere perché erano dogmi. E questo era tutto.

Per fortuna che c'è lo Spirito Santo! È lui

che corregge gli errori, cancella le ottusità, dissipa la nebbia. È lui che, comunque e sempre, spinge ogni creatura incontro alla verità della sua vita. Non è nei libri che devi cercare la sua definizione, perché per quanto affascinante e perfetta sia, non avrà mai alcun paragone con la realtà vivificante che porterà nella tua esistenza, se saprai accoglierlo. Lui naturalmente è già in te, anche se lo ignori o lo rifiuti. Lui vive nel tuo cuore, sotto forma di Maestro interiore. Non te ne sei accorta? Hai mai provato a camminare in un bosco di montagna quando cade la neve? Finché ti muovi e senti il rumore dei tuoi passi, del tuo fiato, quel che vedi intorno è solo un bel paesaggio, perché la bellezza diventi qualcos'altro, devi fermarti. Solo allora, nell'improvviso silenzio, sentirai che il bosco ha una voce. Un richiamo fatto di tanti piccoli rumori diversi, fruscii, ticchettii, tonfi. È come un respiro, immenso, che accoglie il tuo, più piccolo. La voce dello Spirito somiglia a quella del bosco, è mite, continua e profonda.

Lo Spirito ci dà la vita e vive in noi. È lui a donarci un cuore vivo, uno sguardo attento e le lacrime, le grandi esiliate del nostro tempo. A un tratto gli occhi sono vivi, vedono! Il cuore è morbido, sente! E allora piangiamo per gioia, per pentimento, per emozione. Piangiamo perché pensavamo di essere prigionieri e invece siamo liberi, perché finalmente, invece di rifiutarli, accogliamo lo splendore e la pienezza della vita che ci vengono offerti in ogni istante.

# Il virus della mummificazione

*26 maggio*

Dopo tanti anni di dedizione, questa è la prima volta che trascuro il mio orto. Non ci sono state le grandi manovre di sempre, invece di aggirarmi già in febbraio con i semi in mano, l'ho coperto con un fitto strato di paglia e l'ho lasciato riposare. A dire il vero mi fa un po' impressione vederlo così quieto, mentre tutto intorno – soprattutto negli orti dei vicini, sempre più rigogliosi – esplode la vegetazione. Per riempire il vuoto ho seminato qua e là qualche fiore: un po' di calendule, qualche macchia di nigella, i girasoli mostruosamente grandi che un'amica mi ha portato da Gerusalemme. Alla terra non nuoce un anno sabbatico, anzi, pare che, dopo, le coltivazioni crescano con più vigore. Non è saggezza la mia, ma necessità. Come ormai sai, ho accettato di girare un film come regista e dunque per un bel po' di mesi starò lontana da casa. Le riprese dureranno diversi mesi. Poi ci saranno il montaggio, il doppiaggio, l'edizione. Tornerò qui a primavera iniziata. Allora sarò io a prendermi un anno sabbatico!

A dire il vero, provo ancora un certo senso di irrealtà. Non mi pare possibile che tra pochissimo salirò sul set e dirò: «Ciak! Motore! Azione!». Dopo tanti anni di lavoro chiusa nella solitudine della mia stanza, sono felice di passare a un'altra dimensione della creatività, più collettiva, di movimento. Da quando, mesi fa, dopo lunghe riflessioni, ho accettato di assumermi questo impegno, molte persone mi hanno chiesto: «Non hai paura? E se sbagli tutto? Se ti rovini la carriera?». Il fantoccio terrifico agitato da queste domande paralizza il nostro tempo. Ho paura, non me la sento, non sono pronto. Quante volte udiamo queste parole intorno a noi?

A me è capitato qualche settimana fa, in pizzeria, ascoltando i discorsi di una donna intorno ai quarant'anni, seduta al tavolo accanto al mio. «Vorrei tanto avere un figlio», diceva a degli amici, «ma non mi sento pronta... *(lungo sospiro)*. Per abituarmi alla responsabilità, avevo pensato di prendere un cane... Ma... *(altro sospiro)* non mi sento pronta neppure per quello.»

È un po' come se sulla terra si fosse diffusa una nuova epidemia, il virus della mummificazione. Ci si avvolge nelle bende, ci si chiude nel sarcofago e si attende che la vita passi. Si sta immobili, non si rischia. Mi tengo stretto ciò che ho, calibro i passi, così sono certo almeno di sopravvivere. Ma che senso ha? Anche se si galleggia sulla vita, comunque, la morte arriva.

Ho l'impressione che il terreno dal quale nasce la mummificazione sia proprio questo: so che c'è la fine, ma non me ne voglio occupare, non mi interessa capire perché sono venuto al mondo e cosa ci sto a fare, qui, sulla terra. Vivacchio, così non sono costretto ad affacciarmi al baratro, tanto sono sicuro che, oltre, c'è il nulla. E se la morte è nulla e non enigma, tutto è vano, vuoto, senza significato. Che importanza ha fare una cosa invece di un'altra? Sforzarsi, rischiare, donarsi, perché? Meglio, molto meglio, vivere immersi nell'atonia del sentimento.

Non si tratta di negare la paura in nome di chissà quale superiorità, ma di accoglierla come fermento. Proprio perché ho timore, accetto la sfida. È solo così che riscopro e metto a frutto i talenti che mi sono stati assegnati.

La profilassi al virus della mummificazione è la preghiera. Per questo te ne invio una, scritta più di due secoli fa dal Rabbi Nachman di Braslav: Insegnami a intraprendere un nuovo inizio, a rompere gli schemi di ieri, a smettere di dire a me stesso "non posso" quando posso, "non sono" quando sono, "sono bloccato" quando sono totalmente libero.

# Servi e figli

*2 giugno*

Come ogni anno, in questo periodo, una sorta di indolenza ci avvolge. Forse è colpa del retaggio scolastico – i primi di giugno erano la sentinella dell'imminente riposo estivo – oppure la causa è da cercare nei cambiamenti climatici, capaci di influenzare in profondità il nostro fisico e la nostra mente.

Per la natura, maggio e giugno sono i mesi del trionfo. Le spighe di grano ondeggiano come un unico mare nei campi, le chiome degli alberi sono cariche, gli uccelli svolazzano avanti e indietro dai nidi e la luce ha un'intensità straordinaria, cristallina, lontana dal furore ustionante dell'estate. Basta con i libri, gli sforzi, gli impegni! L'unico desiderio è quello di sdraiarsi su un prato, sprofondare tra l'erba e perdersi dietro il volo delle rondini e dei balestrucci.

Ti sei stupita che ti abbia inviato, insieme alla lettera, una preghiera. Più che stupita, inquietata. *Le parole sono belle*, mi scrivi, *ma che me ne faccio? È un po' come avere un gioco in mano di cui non conosco le istruzioni. L'ultima volta in cui ho pregato è stato alle scuole medie, per una compagna di classe colpita da una grave malattia. Tutti i pomeriggi mi inginocchiavo sul pavimento della mia stanza e supplicavo: «Ti prego, falla guarire». Per essere più credibile, avevo anche rinunciato a mangiare gelati per tutta l'estate. Ma è stato tutto inutile. Al suo funerale tutti piangevano mentre io avevo voglia solo di urlare. Quelle parole, quei canti mi sembravano una messa in scena ridicola. Lei voleva soltanto vivere, non essere ricordata con formule inutili. E che cosa erano state anche le preghiere di chi le voleva bene, se non parole vuote, parole inascoltate?*

In un mondo così distratto, così lontano dalla contemplazione del mistero, spesso la strada che porta alla preghiera è quella di un'improvvisa e imprevista sofferenza. A un tratto, ci si rende conto che non tutto è nelle nostre mani e, nel panico che ne deriva, alziamo lo sguardo verso l'alto. Ci deve pur essere qualcuno lassù. E visto che si dice che è onnipotente, dovrà pur dimostrarcelo. Noi facciamo i nostri compiti, ti supplichiamo, ma tu fai i tuoi, esaudisci! Altrimenti vuol dire che sei un impostore, che non sei affatto onnipotente o peggio, che di noi, della nostra sofferenza, non ti importa nulla. E allora perché mai a noi dovrebbe importare di te?

Che cuore piccolo, che minuscola noce secca ci portiamo in mezzo al petto! La nostra strada è quella del baratto, dello scambio. Vogliamo una cosa per l'altra, ci muoviamo sempre cauti per paura di essere "fregati". Il Capo non ci ubbidisce? E allora noi non ubbidiamo al Capo. Non guardiamo più in alto, né intorno a noi. Fissiamo solo i nostri piedi, rimuginando pensieri di rabbia.

Dopo un'esperienza simile alla tua, la maggior parte delle persone si allontana definitivamente da qualsiasi rapporto con il trascendente. Non serve, e dunque è inutile perdere altro tempo. Ma il verbo "servire" è tremendamente vicino al sostantivo "servo". E il servo, a differenza del figlio, non è in grado di comprendere il valore della gratuità, di alzare lo sguardo e di stupirsi, perché la sua mente e il suo cuore sono costantemente immersi nel calcolo del tornaconto.

Così, prima di pronunciare qualsiasi parola, prima di compiere qualsiasi gesto, dobbiamo chiederci che cosa vogliamo essere. Vogliamo essere figli o servi? Accettiamo il rischio dell'apertura o preferiamo la luce fredda dello spazio chiuso? Un buon modo per saperlo, sai qual è? Proprio quello di sdraiarsi su un prato. Stai lì ed osserva tutto ciò che ti circonda, gli insetti, i fiori, gli alberi, gli uccelli. C'è profusione di bellezza intorno a te, di armonia, di mistero. Che sentimento nasce nel tuo cuore? Indifferenza, astio o gioia? È uno spreco ciò che vedi, o un dono? C'è protesta dentro di te o gratitudine? Guardi il cielo e sei convinta di perdere tempo e invece, ecco, stai già pregando.

# La nostra società fugge la fatica

*6 giugno*

Passi ore sui libri ma, alla fine della giornata, quello che ti resta in testa, così mi scrivi, è poco o niente. Si avvicina l'esame di ammissione alla scuola per fisioterapisti e ti senti più insicura che mai. *È come se ci fosse sempre un diavoletto al mio fianco che mi sussurra in un orecchio: «Ma cosa fai? Perché perdi il tuo tempo? La vita è piena di cose più interessanti!»*.

La tua descrizione mi ha fatto tornare in mente certi disegni del mio sussidiario delle elementari. Ricordo in special modo la figura di un bambino che si trova all'improvviso davanti a un bivio. Sopra di lui, ai due lati, svolazzano un angelo e un piccolo diavolo. Il secondo gli sussurra qualcosa all'orecchio, mentre il primo gli indica, con mano ferma, la strada da intraprendere.

Per quanto negli ultimi venti, trent'anni, la psicologia del profondo e la psicanalisi ci abbiano spiegato fin nei minuscoli dettagli l'origine di ogni nostro comportamento, la rappresentazione del piccolo demone resta ancora di grande efficacia. Noi, forti della nostra volontà e del nostro desiderio, decidiamo di imboccare una strada quando, all'improvviso, una voce interiore instilla in noi il dubbio. Sei proprio sicuro? Non sarebbe meglio se...? E il guaio è che non dice stupidaggini ma cose ragionevoli, calibrate, giuste. Come dargli torto? Ci vuole una buona capacità di discernimento per renderci conto che le osservazioni della voce sono solo apparentemente giuste e ragionevoli. Quando non c'è la capacità critica, si cede facilmente alla sua insistenza e, a parte un remotissimo senso di disagio, si è convinti di aver scelto la strada giusta, perché è la più facile, la più veloce.

Mi viene in mente un episodio legato al mondo delle arti marziali. Una volta, un maestro, camminando per la strada, ha visto uno dei suoi migliori allievi uscire dalla metropolitana servendosi delle scale mobili. Il dolore e l'indignazione erano stati grandi. Che cosa aveva imparato, in tutti quegli anni di pratica? Soltanto a ripetere delle forme, delle tecniche. Le eseguiva bene, benissimo, ma erano vuote, senza spirito, senza vera potenza.

Capisci dov'è il problema, la pietra dello scandalo? Nelle scale! Se l'allievo avesse avuto il giusto spirito, sarebbe salito a piedi, perché l'attitudine corretta è quella che vede la fatica e la affronta, senza scegliere la via più comoda.

Le grandi conquiste della vita interiore cominciano da quelle piccole, nell'esistenza pratica. Prendo le scale e non l'ascensore, mi alzo da tavola con il senso della fame e non mi abbuffo, non metto il condizionatore d'aria o il riscaldamento al massimo, sopporto un po' di caldo o di freddo.

Assecondare il corpo nel suo desiderio di comodità vuol dire spingere lo spirito nella nebbia dell'ottusità. Magari avremo grandi parole sulla bocca, ma dietro quelle parole ci sarà solo lo scheletro, in fil di ferro, di un manichino. Il corpo adora essere viziato e più cose gli si danno, più ne pretende.

La nostra società fugge la fatica come il più spaventoso degli spettri. Facilità e immediatezza sono le uniche vie praticate e i risultati, purtroppo, ben visibili. Quella che vediamo intorno a noi è una società fragile, malata, inerme, in profonda decadenza. Una civiltà che cede a tutte le tentazioni, tranne a quella della fatica. Eppure la fatica è l'essenza stessa della nostra vita e di tutte le creature. Senza fatica, non c'è costruzione. Senza costruzione, non c'è senso. Ecco che, allora, arrivano la disperazione, la depressione, gli attacchi di panico. Tra noi e le bottiglie che si fanno trasportare dalla corrente non vediamo nessuna differenza.

## Tra le lucciole e le stelle

*13 giugno*

Sono venuta in montagna a ultimare i sopralluoghi per il film. Cammino tutto il giorno e quando torno a casa sono letteralmente sfinita. Solo dopo cena riesco a ritrovare un minimo di vitalità ed è di questa che approfitto per risponderti.

Ti sto scrivendo dal piccolo terrazzo della mia camera. C'è silenzio intorno. Nell'aria, odore di erba, di conifere, di mucche. Di fronte a me si innalzano, come uno smisurato iceberg di pietra, le pareti di una cima dolomitica. Una volta, al posto delle case e del bosco, c'era un oceano tropicale in cui nuotavano i primi crostacei e tutti quei minuscoli organismi dai quali poi si è sviluppata ogni forma di vita.

La notte adesso è limpida. Le code luminose degli aerei si inseguono nella stessa invisibile scia, mentre, più in su, le stelle lampeggiano tremule come, in quest'epoca, le lucciole nei prati. Il sotto e il sopra si rispecchiano, testimoni muti del mistero che ci circonda.

Secondo mio padre la creazione si poteva

paragonare a un grande libro dal quale erano state strappate le due pagine più importanti: la prima e l'ultima. Come è iniziato tutto? Possiamo fare delle ipotesi più o meno credibili, ma la certezza non l'avremo mai. E come finirà? Non lo sappiamo. Lo stesso è per le nostre esistenze. Dove era la nostra anima, prima di nascere? E dove andrà, dopo la morte? Possiamo avere delle speranze, dei sogni, ma, se siamo onesti, non potremo mai dire: Ecco, di sicuro è così.

Siamo qui, nell'oscurità, sospesi tra la poesia delle lucciole e il fuoco divampante delle stelle. È a loro che ci aggrappiamo quando sogniamo qualcosa. Ne cade una, e i nostri desideri si avverano. Non è stata proprio una cometa ad annunciarci la venuta del Salvatore?

Qualche settimana fa, prima di venire quassù, sono passata per Trieste e ho fatto una lunga passeggiata con un mio vecchio amico. Eravamo sul sentiero che dai boschi di pino nero del Carso conduce alle scogliere dove Rilke ha scritto le *Elegie duinesi*. Non ci vedevamo da un po', così le prime ore sono passate nel racconto vicendevole delle ultime novità. Soltanto quando già si sentiva il rumore del mare contro la roccia, lui si è fermato e mi ha detto: «C'è una sola cosa che desidero della tua vita e non è né la creatività né il successo, ma la fede».

È buffo, ma sembra quasi che chi ha il dono di credere debba conoscere una ricetta segreta da rivelare agli scettici. Si dimentica, o si ignora, che la fede è mistero. Ricordi cosa diceva padre Thomas, in *Va' dove ti porta il cuore*, quando la protagonista gli chiedeva la stessa cosa? "Come si fa ad avere fede?" "Non si fa", rispondeva, "viene". Ma perché arrivi non bisogna fare progetti, programmi, piani di battaglia. Occorre piuttosto lasciarsi andare, abbandonarsi. "Sul prato, sia il prato. Seduta sotto la quercia, non sia lei ma la quercia [...], con gli uomini, sia con gli uomini."

La nostra furia razionalista allontana spesso i doni generosi dello Spirito. Voglio, voglio, voglio. Quest'attitudine, pur così importante nella nostra vita, diventa facilmente una zavorra nel nostro cammino spirituale.

È proprio quando io non desidero più che Lui arriva. Solo allora capisco che la Sua strada è l'unica via che voglio percorrere. È la via che ha tracciato per me mentre ancora ero nel grembo materno, che schiude la finitezza dei miei giorni a dimensioni inimmaginabili. È il mistero che mi accoglie. Non quello dei fantasmi, ma quello, concreto, dell'amore. Quell'energia che insieme ha concepito le lucciole e le stelle, e lo stupore degli uomini, sospesi tra le lucciole e le stelle. Quella forza che non è neutralità inespressa ma relazione. La relazione di uno sguardo che diventa Nome.

## Diffida di chi non ha dubbi

*20 giugno*

L'estate incombe e, con l'estate, l'arrivo dei miei nipotini e dei tanti amici che, tra uno spostamento vacanziero e l'altro, passano a trovarmi. Spero prima o poi di riuscire ad andare qualche giorno al mare. Quand'ero più giovane, lo detestavo, adesso, stranamente, ne sento il bisogno. Il corpo desidera il sole, il caldo, forse per far evaporare dalle ossa l'umidità dell'inverno. E tu cosa farai? Spero proprio che non starai ad intristirti a casa con la scusa dello studio!

Mi scrivi che la questione della fede ti fa venire in mente certi vestiti che hai comprato alle bancarelle dell'usato. A colpo d'occhio, presi nel mucchio, ti sembravano perfetti ma, una volta arrivata a casa, ti accorgevi che le maniche erano troppo lunghe, i fianchi stretti, il collo largo. La taglia, insomma, corrispondeva alla tua, ma quell'indumento era stato portato da un'altra persona e, col tempo, ne aveva preso le sembianze. *Così*, dici, *veniamo al mondo e, prima ancora che i nostri occhi sappiano distin-*

*guere nitidamente le forme, veniamo "costretti" a una fede. Che ci piaccia o meno, crescendo dobbiamo continuare a battere quella strada. Forse è per questo che, a un certo punto, ci si accorge che il vestito ci sta stretto, la manica tira e, in vita, sarebbe meglio aggiungere un bottone. Insomma, ci si sente a disagio. Ma è possibile, è giusto coniugare la fede con il disagio? Ho visto molti accettarlo, ma io non me la sento.*

Questa tua domanda mi rallegra perché manifesta quella sana inquietudine di cui abbiamo già parlato. Si può credere per via "ereditaria", per consuetudine sociale? Certo che no. Non si può e non si deve. La fede è fermento, scompiglio, non certo accomodamento. Ognuno di noi ha un percorso da affrontare per giungere alla comprensione della Verità. E questo tragitto, spesso, è pieno di ostacoli, di cadute, di deviazioni, un po' come arrampicarsi su una parete di roccia senza appigli e senza imbracatura.

Quando avevo la tua età, anch'io invidiavo le persone che non sembravano mai sfiorate dal dubbio. Con il tempo ho capito che, dietro a questo atteggiamento, il più delle volte si nasconde una forma di debolezza, di pericolosa fragilità. Chi si crede sempre nel giusto, infatti, tende a sentirsi superiore, si reputa in dovere di giudicare ed etichettare gli altri, ponendosi come modello da raggiungere. Basterebbe leggere la vita di qualsiasi santo per rendersi conto, invece, che il sentimento di chi è destinato a diventare, col tempo, vero modello di vita è basato proprio sull'opposto: inadeguatezza, vulnerabilità, umiltà. Molti santi hanno dimostrato che l'alto si raggiunge soltanto dopo aver affrontato la caduta nel baratro, che si arriva alla pienezza accettando la più assoluta nullità.

Sentirti costretta, e rifiutare questa sensazione, fa onore alla tua sete di Verità. Non sai dove ti porterà questa tua inquietudine, questa sete di vero fondamento. Forse ti condurrà molto lontano, in regioni sconosciute, in luoghi di solitudine, di smarrimento, di disperazione. Nelle terre del male e delle sue tentazioni. Il fallimento sarà davanti a te come un mostro preistorico, ma non riuscirà mai a divorarti, perché tutto il tuo camminare, le tue ansie, le tue paure, avranno smosso il suolo. Non sarà più duro, compatto, ma soffice. Nel terreno morbido, le radici si espandono, crescono in profondità. Da loro dipende la stabilità dell'albero, che fa salire il nutrimento fino alle foglie e, solo allora, fiori e frutti potranno offrirsi alla luce.

# L'invidia è come la gramigna

*27 giugno*

Finalmente sono riuscita ad andare tre giorni al mare, qui vicino a casa. Per me è questa la vera e assoluta vacanza. Grandi dormite e molte ore trascorse a leggere sull'amaca.

Dai venti ai trentacinque anni, la lettura è stata l'attività che ha riempito ogni istante libero della mia vita, poi gli impegni e le responsabilità sono diventati tanti e il tempo per questo svago si è drasticamente ridotto. Certo, leggo ancora molte cose che mi interessano, ma lo faccio soprattutto per lavoro, non per piacere. Negli anni in cui ancora lavoravo in città e non avevo molti soldi, prendevo in prestito i libri nella biblioteca del mio quartiere. Andavo lì il venerdì, nel tardo pomeriggio, o il sabato mattina e, dopo aver girovagato con un'eccitazione gioiosa, sfilavo i prescelti dagli scaffali, li facevo segnare al registro e li portavo a casa.

Rimpiango un po' quei tempi ancora svagati, quel mio aggirarmi frenetico alla ricerca di un gioiello nascosto. Quando volevo qualcosa di veramente avvincente, andavo a colpo sicuro: sceglievo il libro più consunto, quello che era spesso in prestito. Adesso, se vado in biblioteca, non è più per prendere i libri ma per regalare quelli che affollano in maniera esponenziale le mie librerie.

Mi hai scritto di aver scoperto dentro di te il sentimento dell'invidia e di esserne preoccupata. Sei invidiosa, mi scrivi, di quelli che sono già riusciti a fare quello che tu stai ancora tentando, delle persone che hanno i soldi per andare in vacanza, della tua amica che si è innamorata, corrisposta, e ha gli occhi lucenti come stelle. *Non c'era questo sentimento in me*, scrivi, *o forse c'era ma non me ne ero accorta. Adesso, però, come il grisù, il gas che invade le miniere, si è espanso in ogni parte dei miei pensieri, intossicandoli. Nelle miniere morivano i canarini, in me è morta la spontaneità, la già rara voglia di sorridere. Mi sento come un topo, chiuso a scavare in una tana sempre più stretta.*

La tua descrizione è perfetta, solo che fai un errore. L'invidia non nasce nei pensieri ma nel cuore, da lì poi sale e inquina ogni cosa. Non so se ti è mai capitato di togliere le erbacce da un'aiuola o da un orto. Se sì, ti sarai accorta che le loro radici sono molto diverse da quelle degli alberi. Ci sono quelle che sradichi solo sfiorandole, altre con un unico lunghissimo e tenace fittone e altre ancora, come la gramigna, che invadono e distruggono ogni cosa.

Ecco, l'invidia è come la gramigna, basta che tu le permetta di allungare una punta, perché colonizzi tutto il cuore. Non lo avvolge come l'edera, ma lo perfora con punte acuminate. È lei purtroppo a guidare le nostre parole, le nostre azioni. Tutto ciò che è compreso tra la piccola calunnia, apparentemente innocente, e l'assassinio, è un suo frutto.

L'invidia ha la potenza di un veleno devastante e l'abilità trasformista di un virus altrettanto micidiale. Distrugge chi ci sta intorno, ma anche noi stessi, imponendoci una perpetua tristezza. E non basta la fede, non bastano i buoni propositi. Per tenerla lontana, bisogna essere sempre immersi in una costante vigilanza. Interrogare noi stessi, i nostri pensieri, i movimenti del cuore, anche quelli più apparentemente innocenti. L'invidia colpisce senza distinzione. Si può essere invidiosi dell'amico più caro, della persona amata. Si può soffrire di invidia anche se si coltivano le più nobili attitudini interiori. La Bibbia la definisce "un tarlo che rode le ossa". Quale immagine può essere più efficace? Le ossa sono ciò che ci sostiene, e dunque questo sentimento mina le basi del nostro essere. Lo fa divorando di nascosto, lentamente. Solo quando tutto crolla, lei, come un folletto magico, esce dalla scatola. Ma ormai è troppo tardi. Avremmo dovuto tenere prima sotto controllo la purezza dei nostri pensieri.

# La trappola dei luoghi comuni

*4 luglio*

La tua risposta mi è arrivata in tempi rapidissimi. Sarà un'improvvisa solerzia delle poste, o forse, punta sul vivo, hai sentito l'immediato bisogno di comunicarmi le tue riflessioni? Penso che la seconda ipotesi sia la più valida. Dalle tue righe, infatti, traspare una certa irritazione. *Perché dai tanta importanza all'invidia?* mi chiedi e poi aggiungi: *Sai, quando sento parlare di purezza, ho quasi una reazione allergica. Mi sembra che, nel secolo appena passato, abbiamo avuto un bel po' di tentativi di instaurare dei mondi pieni di purezza, con esiti a dir poco catastrofici. I nazisti non volevano forse la "pura razza ariana"? E i comunisti non volevano la "pura dittatura del proletariato"? E poi, a un livello meno tragico, ma forse proprio per questo ancora più irritante, mi vengono in mente le purezze o le impurità bisbigliate nei confessionali. Non ti senti in imbarazzo a pronunciare quella parola?*

Come possiamo capirci, intenderci, dialogare se l'uso delle parole non è lo stesso? Anch'io ho orrore della parola "purezza" e dell'aggettivo "puro", se riferiti al mondo. La purezza legata alla materialità, alla fisicità contiene implicitamente l'idea di superiorità. Qualcuno, un essere umano, decide che esistono dei confini, dei parametri, e solo chi vi rientra merita di vivere con ogni privilegio, chi sta fuori appartiene a qualche forma sicuramente inferiore. Si parte dall'idea della razza ariana e si arriva alle sette dei giorni nostri, alle squadre di calcio, ai fanatici delle diete. "Puro", alla fine, è tutto ciò che appartiene al mio gruppo, che rientra nella mia visione del mondo. Da questo presupposto, non ci si mette molto ad arrivare alla convinzione che la vita di chi ne è escluso non ha lo stesso valore di quella di quanti lo costituiscono.

Dall'Illuminismo in poi, l'idea che ha dominato – e ancora domina – la nostra società è quella che la religione, con tutti i suoi riferimenti, sia unicamente una funzione dell'uomo, una sua necessità. La vita non ha senso e la morte fa paura, per cui bisogna considerare con una certa benevolenza chi cerca di consolarsi con delle storielle. La dimensione del mondo, quella a cui ci si riferisce, è dunque una sola, quella della realtà e della sua finitezza. Le parole e i concetti, con i loro significati più profondi, vengono ristretti in questa minuscola stanza. Malgrado lo spazio sia claustrofobico, ci si muove convinti di definire l'universo.

Ma i concetti e le parole della fede non sono separati dalla nostra vita. Sono, al contrario, la totalità e la ricchezza della nostra esistenza. Per capire questo, dobbiamo spazzare via una quantità straordinaria di luoghi comuni, le tante, tantissime lenti che dalla nascita in poi, sempre più spesse, ci vengono messe sul naso. Gli occhiali sono comodi perché ci permettono di vedere con chiarezza, almeno così crediamo. Solo se li sfiliamo, ci rendiamo conto che quella precisione era solo piattezza, che quelle idee che credevamo nostre, erano soltanto uno scafandro di cui qualcuno ci aveva rivestito. Per capire che non ci siamo noi da una parte e la fede dall'altra, come un cappotto che possiamo metterci o toglierci a piacere, dobbiamo comprendere che siamo noi la fede stessa, la quale è dentro di noi fin dal momento in cui siamo venuti al mondo. In me, in te, come in ogni essere umano. Tutti fratelli, figli. Non frutti sterili del nulla o del caso, ma compimento di un sogno che è relazione d'amore. Allora non ci saranno più termini che ci irriteranno perché avremo capito che l'unico vero scandalo – l'abominio che mercifica i nostri giorni e li stritola – non è l'uso di una parola piuttosto di un'altra, ma l'aver trasformato l'essenza viva e aperta della creatura umana nella diligente chiusura di un *robot*.

## «I miei spazi!»

*11 luglio*

Tua madre è partita per Riccione, con le sue amiche, e tu sei rimasta a casa. Sei stanca, mi dici, non riesci più a studiare, allora perché non ti prendi anche tu qualche giorno di vacanza? È inutile insistere sui libri quando la testa non è presente. Una compagna di studi ti ha invitata ad andare qualche giorno in campeggio, ma non sai se accettare. *Come farò con le piante di casa? Riuscirò poi a dormire sotto una tenda? Non l'ho mai fatto. Ho paura dell'umidità, della scomodità, di non avere i miei spazi...*

I miei spazi! Che termine straordinariamente moderno! Non facciamo ancora un figlio perché abbiamo bisogno dei nostri spazi... Non cambio lavoro perché dovrei fare a meno dei miei spazi... Non accetto un nuovo rapporto perché ho paura di perdere i miei spazi! Lo spazio non c'è più, ma ci sono gli spazi. Lo spazio vero, quello che uno porta sempre con sé – lo spazio della riflessione profonda, della preghiera, del confronto e della relazione con una dimensione "altra" – è ormai quasi scomparso.

Al suo posto, come funghi parassiti, sono comparsi "gli spazi". Gli spazi non sono altro che una dimensione dell'esistere priva di doveri. Negli "spazi" c'è libertà e, proprio per questo, si possono riempire con tutto ciò che più ci aggrada. Posso ballare, vedere gli amici, imparare il bridge, fare un corso di telepatia e un altro di cartapesta. Mi posso finalmente realizzare.

Realizzazione! Altra parola magica nel cui nome sembra possibile muovere montagne. Bisogna realizzarsi, questo imperativo è figlio di quel terribile, eppure necessarissimo, scossone che è stato il Sessantotto. I nostri bisnonni e i nostri nonni non pensavano certo a realizzarsi. La loro realizzazione era tutta compresa nell'assolvere nel miglior modo possibile le esigenze della vita quotidiana. La realizzazione che noi cerchiamo negli "spazi", invece, è legata a una qualche forma di creatività. Teoricamente, è una bellissima cosa, ma spesso, nella vita reale, si trasforma in una trappola.

Quando penso a questi "spazi" mi vengono in mente delle piccole serre. In questi luoghi protetti, è vero, le piante crescono prima e meglio che all'esterno, ma solo fino a un certo punto. Quando la temperatura si alza, bisogna portarle fuori, all'aria aperta. E anche quando sono dentro, per non farle ammalare, è necessario aprire le finestre, fare entrare aria nuova.

Lo spazio, inteso in questo modo, è un luogo-tempo mitico in cui dovrebbero compiersi altrettanto mitici processi di liberazione. Liberazione dal grigiore, dalla ripetitività, dalla mancanza di senso. Ma è davvero così che avviene la liberazione? È veramente possibile che io mi liberi e mi realizzi solo grazie ai miei sforzi, alla mia volontà?

Ogni mattina mi sveglio piena di gioia e di curiosità. Che cosa mi succederà oggi, mi domando. Che incontri farò? Che emozioni mi aspettano? In che modo potrò toccare il cuore degli altri? Relegare la realizzazione nella frequentazione di uno spazio limitato della propria vita vuol dire condannarla alla anoressia dei sentimenti, darle una crescita stentata, malaticcia, di breve durata. Non si possono imporre dei limiti a qualcosa che, per principio, è abbattimento del limite.

Lo spazio che ci è dato per realizzarci è quello compreso tra il nostro primo respiro e l'ultimo. Ogni giorno, ogni ora, ogni secondo deve essere asservito a questo principio. Ogni istante della nostra vita racchiude in sé sia la luminosità purissima di un diamante che il grigiore impenetrabile della grafite. Sia il diamante che la grafite sono composti di atomi di carbonio, è solo la disposizione ad essere diversa.

Come dispongo i miei "atomi" nella realizzazione? Sul piano orizzontale o su quello verticale? Mi lascio attraversare dalla luce o abbasso lo sguardo? E se ballo, per chi ballo? Per gratificare il mio ego o perché tutto il mio essere già danza, rapito nella gioia della comunione?

# La sindrome dei falsi problemi

*18 luglio*

Se è solo il problema delle piante a impedirti di partire, è davvero minimo. Puoi chiedere a qualche vicina gentile di innaffiarle al posto tuo o, se proprio non trovi nessuno disposto a farlo, puoi sempre prendere delle bottiglie di acqua minerale vuote, riempirle e capovolgerle con l'apertura nella terra. Creerai così un vero *self service* per la pianta.

I falsi problemi sono quelli a cui ci affezioniamo di più. Usati come scudi, ci permettono di evitare le incognite che ci spaventano. Sei preoccupata all'idea di partire con delle persone che non conosci e allora, ecco le piante! *Come faccio a lasciarle? Mia madre le adora. Se solo una morisse, per lei sarebbe un vero trauma. Verrei tanto volentieri, ma non posso...*

Quante volte tutti noi ci aggrappiamo a scuse così! È meglio affrontare un finto obbligo che correre il rischio di una piccola libertà. Parlo con una certa cognizione di causa, perché anch'io ho un carattere estremamente timoroso e per anni e anni ho sofferto della "sindrome del falso problema". Poi, un giorno, un'amica mi ha detto: «Ma perché vivi sempre con il freno a mano tirato?». Da quel momento, davanti ad ogni situazione, mi domando: Com'è il mio freno? E quando scopro che è tirato, lo abbasso subito.

Anche quando si comincia a parlare di trascendenza, si tende a tirare il freno. A onor del vero, sono poche le persone che sostengono, senza ombra di dubbio, che il cielo è vuoto. La maggior parte si barcamena tra affermazioni piuttosto vaghe. «Certo, qualcosa ci deve essere... Il cielo è troppo grande per essere vuoto... e poi, sì è vero, guardando le stelle si prova sempre una grande emozione...» L'immagine che ne viene fuori è quella di un'entità perfettissima e distante, fredda e indifferente al suo stesso creato. «Il mondo va in malora e a Lui non importa niente di quanto ha creato. E allora perché mai a noi dovrebbe importare qualcosa di Lui? Ci ha offerto un grande spettacolo, con la natura, e questo è tutto. Un bravo orologiaio, un bravo ragioniere, d'accordo, ma le nostre vite di uomini, purtroppo, non hanno la precisione dei calcoli o quella degli orologi. Noi siamo imprevisto, fragilità, tragedia. Dov'è dunque il suo segno, la sua impronta? Non c'è. Per questo quaggiù siamo soli, pazzi con il nostro dolore.»

Quando con queste persone provi ad accennare all'esistenza di un'altra dimensione del trascendente – quella della rivelazione e della redenzione – immediatamente tirano il freno a mano, anzi ne tirano due, uno con ciascuna mano. «Detesto la Chiesa», dicono, «non sopporto i preti. Il Papa non fa altro che mettere limiti e divieti nelle nostre vite, perché mai dovremmo seguirlo?»

Ecco il falso problema. Perché il nucleo della rivelazione non riguarda la fedeltà a un'istituzione, bensì la conversione del cuore, il suo passaggio dallo stato di pietra a quello di carne. È dunque qualcosa che tocca, nella sua profondità, la vita di ogni essere umano. Non sono dunque cose da cattolici o da preti, da deboli o da creduloni, ma soltanto cose da uomini, da persone che vogliono stare su questa terra con gli occhi aperti o con gli occhi chiusi, da esseri umani che amano vivere o che preferiscono sopravvivere.

Il cuore vivo discerne con sapienza e, grazie ad essa, introduce il dinamismo creativo nei suoi giorni. Il cuore di pietra predilige al contrario l'immobilità, il fatalismo. C'è il male? Non ci resta che piangere o imprecare. Per il cuore vivo, invece, anche il male ha un senso. Impone il dovere della testimonianza, la vigilanza continua e attenta in ogni scelta.

# I santi veri

*25 luglio*

È sera e ti scrivo seduta al tavolo di legno, sotto la pergola d'uva. L'aria è tiepida, il cielo punteggiato di stelle. Il silenzio intorno viene interrotto a tratti dall'abbaiare dei cani e dal rumore di qualche macchina che corre sulla provinciale. Verso sud, nella traiettoria invisibile degli aeroplani che scendono a Roma, da poco si sono azzittiti i botti dei fuochi di artificio.

È un rito quasi obbligato di questo periodo. Non c'è fine settimana che l'altipiano davanti alla mia casa non sia tempestato da questi scoppi di luce e di colori. È il tributo estivo al santo di turno, che viene festeggiato nei diversi paesi da sagre a base di porchetta, di salsiccia, di bignè o di gnocchi. La sera fa caldo, è bello andare in giro, si mangia, si beve, si balla, si incontrano gli amici. A volte anche l'amore. Che cosa c'è di male a festeggiare i santi così? Assolutamente nulla!

Non so perché, però mi tornano in mente le parole di un amico indiano, del Kerala. Ero andata a prenderlo alla stazione e, sulla via di casa, siamo stati fermati dalla processione, con tanto di statua del santo patrono del mio paese in testa. Non mancava nulla, né i fiori, né i canti, né le zaffate d'incenso. Il mio amico ha sorriso: «Che bello! Mi sembra di essere a casa! Da noi si fanno molte processioni così, per festeggiare le nostre divinità». Poi, con aria sorniona, ha aggiunto: «Scusa, ma il Cristianesimo non sarebbe una religione monoteista?».

Somiglia un po' alla riflessione che hai fatto tempo fa, ricordi? *Chi sono questi santi?* mi hai scritto, *non riesco a capirlo. Alle elementari, avevo una compagna di banco che raccoglieva i santini invece delle figurine dei calciatori. Ogni tanto, sotto banco, me le faceva vedere. «Preferisci Santa Lucia o Santa Rita?» mi chiedeva e io non sapevo cosa rispondere. Non mi piaceva nessuna delle due. Trovavo inconsciamente irritanti quegli sguardi, quella mollezza, quell'aspetto da vittima sacrificale. Adesso che sono grande, mi sembrano più che altro dei* testimonial *del* marketing, *visto che le pagine dei giornali abbondano di offerte speciali, sponsorizzate dalle loro immagini. Ma chi sono davvero i santi?*

Domanda spaventosamente enorme, che ci rimanda ad una ancora più grande. Che cos'è la santità? Innanzitutto chiariamo una cosa. Nei loro caratteri non c'è niente di molle o di svenevole, perché il santo, prima di ogni altra cosa, è una persona che lotta, una persona che va "contro", e dunque non può assolutamente essere un debole. Le immagini della devozione popolare, purtroppo, ne danno spesso un'idea fuorviante. Bisogna leggere le loro storie, per rendersi conto della loro unicità, del loro anticonformismo, della totale solitudine e della profonda disperazione che li può attanagliare. I santi non sono i primi della classe, persone baciate da una sorta di superiorità grazie alla quale riescono a proteggersi dal mondo. Al contrario, vivono con il massimo sforzo e con il più grande abbandono. Sforzo e abbandono sembrano una contraddizione, ma non è così. Lo sforzo è nella lotta contro il male, l'abbandono è alla carità, all'amore che l'ha generata.

I santi, naturalmente, non sono solo quelli del calendario, ma anche tante persone che vivono accanto a noi, nell'anonimato, nell'umiltà del quotidiano. È la loro comunione che rende viva e palpabile la presenza dell'eucaristia, del ringraziamento nel grigiore e nell'assenza di speranza delle nostre vite. Ci sono santi sull'autobus, al centro commerciale, sulla metropolitana, nelle stazioni, sui treni, nelle fabbriche, negli uffici. Non li distinguerai per l'aureola, ma per lo sguardo, per l'attenzione gentile con cui sfiorano ogni cosa.

Osservando queste persone, probabilmente ti verrà da pensare: Come vorrei essere come loro, avere la stessa grazia, la stessa intensità, la stessa leggerezza. Ecco il lievito del Vangelo! Sparso nella farina, la tramuta in pane, in nutrimento. A un tratto non pensi più ai santi "lassù", alle statuette, alle pubblicità, ma soltanto a diventare come loro. Anche tu, testimone di speranza.

## È tempo di parole forti

*1° agosto*

Questa sera arriveranno le mie due nipoti che vivono ad Hong Kong. Da quando, piccolissime, si sono trasferite in Oriente, agosto è il mese che dedico a loro. Un mese impegnativo, perché, come tutti i bambini, richiedono un'attenzione continua. È l'unico momento dell'anno in cui stiamo davvero insieme e dunque neanche un minuto deve essere sprecato. Naturalmente ho dovuto mettere dei piccoli limiti, del tipo: Non si entra in camera della zia prima delle sette del mattino, per non fare la fine di una spiga di grano divorata dalle cavallette. Ma tutto il resto del giorno è un continuo susseguirsi di avventure, di giochi, di scoperte. Costruiamo capanne di frasche, facciamo volare gli aquiloni, domiamo i miei pony "selvaggi", andiamo al lago e, con il piccolo canotto giallo, affrontiamo draghi e tempeste. Quando poi arriva, sempre troppo presto, la vigilia della partenza, diventano improvvisamente silenziose e tristi. Mi abbracciano negli angoli della casa, sussurrando: «Quando saremo grandi, zia, vivremo sempre con te. Tu sarai ormai vecchia e noi ti aiuteremo a curare gli animali e gli alberi».

A volte, dalla finestra della mia camera da letto, le guardo giocare sul prato. Volteggiano con i loro vestitini a fiori, si scambiano pentoline, piattini, fingendo di cucinare. Ogni tanto scoppia una lite, un pianto. Sono ancora così piccole, così fragili. Eppure, in men che non si dica, anche per loro arriveranno le forche caudine dell'adolescenza, il cammino incerto verso la scoperta della loro vocazione adulta.

Quando guardo i miei nipoti, i figli dei miei amici o i bambini che mi passano accanto, provo spesso una stretta al cuore. Mi domando quale sarà il loro futuro, qual è il domani che stiamo loro preparando? Dobbiamo coltivare la speranza, certo. Ma prima della speranza, bisogna praticare la lucidità. Una speranza costruita sulle illusioni è destinata a sprofondare, come una palafitta costruita con legname marcio. Il panorama offerto dall'uomo – e dalle società da lui costruite – è assolutamente desolante.

Le recenti celebrazioni per la fine del millennio sembrano ormai solo una favola lontana. «Il nuovo millennio sarà il millennio della pace operosa, della giustizia su tutta la terra!» profetizzavano alcuni. Sono bastati due anni per polverizzare questi buoni propositi. Ventiquattro mesi di devastazioni, di guerre, di trionfo della morte sui campi di battaglia, nelle metropoli apparentemente innocenti, ma anche nei laboratori scientifici, dove si programmano nuove mostruose forme di vita, secondo la nostra volontà e non la Sua, con l'alibi, moralisticamente ricattatorio, di un beneficio per i più poveri della terra.

Io provo orrore, un vero e assoluto orrore verso questo cieco orgoglio, verso questa *hybris* che sta conducendo la nostra piccola terra luminosa verso l'annientamento. Più guardo i bambini e penso al loro futuro, più mi convinco che non è più il tempo delle mezze parole, dei distinguo, dei camuffamenti. Tempi forti richiedono parole ancora più forti, e scelte conseguenti che le confermino. Il tempo in cui trionfa la totale assenza di timor di Dio, è un tempo in cui deve sorgere prepotente il segno della profezia. E profezia non vuol dire accodarsi nella comodità dell'opinione pubblica, per paura dell'impopolarità. Dire un po' sì e un po' no, restando sospesi tra due piatti della bilancia per cercare di capire verso quale parte è meglio tendere. Il Vangelo è esplicito a proposito: "Le vostre parole siano sì, sì; no, no". E dice ancora: "Non si possono servire due padroni".

Da che parte vogliamo stare allora? Dalla parte del Dio della vita o dalla parte dell'uomo che vuole essere dio? Dalla parte della popolarità o da quella dell'impopolarità? Quanto siamo disposti a rischiare, per la profezia? Siamo convinti che, in fondo, con qualche piccolo aggiustamento, il mondo può anche andare avanti, o crediamo nella radicalità del cambiamento?

E che tipo di cambiamento è il nostro? Un'idea che trionfa sulle altre, magari anche con l'aiuto della violenza o una conversione, un percorso che ha il coraggio anche di interrompersi per riprendere nel senso opposto?

# L'eversione del gratuito

*8 agosto*

Non mi stupisce sapere che, malgrado i dubbi e le titubanze, la tua vacanza in campeggio sia andata benissimo. *Tutto era veramente scomodo*, mi scrivi, *eppure ogni mattina mi svegliavo di buon umore e la sera, davanti al tremolio della lampada, avrei voluto stare ancora a lungo a parlare. Mi sono trovata in grande sintonia con tutto il gruppo e ho fatto nuove amicizie, due ragazze tedesche ed una coppia di spagnoli. Abbiamo già deciso di scambiarci delle visite. A Natale, se sarà possibile, andremo tutti in Spagna e per Pasqua ci ritroveremo in Italia. Ci piacerebbe visitare insieme la Sicilia, sempre con la tenda, naturalmente.*

Come sai, anch'io passo sempre le vacanze in campeggio. Quest'anno, dopo averlo a lungo desiderato, sono diventata proprietaria di uno di quei furgoncini tedeschi che erano molto in voga al tempo dei Figli dei fiori. Quando avrò finito il film, come ti ho già detto, voglio prendermi un anno sabbatico e fare il giro dell'Europa.

Molti si meravigliano di questa mia predilezione per la vita all'aria aperta. «Ma come», dicono, «tu che sei così famosa, tu che puoi permetterti di andare in albergo e startene in pace in luoghi esclusivi, perché mai devi sopportare la scomodità e la vicinanza di tanti sconosciuti che spiano tutto quello che fai?»

La *privacy* e la comodità sono due *totem* idolatrici dei nostri giorni. Anche la *privacy*, in fondo, è un po' come una tenda. Una protezione che ricopre la sacra area del tempio. Lo spazio sacro del mio ego e dello sforzo titanico che compio per renderlo ipertrofico.

Quant'è profondamente malata la nostra società, quanto marcio, quanto senso di morte c'è nel considerare l'altro sempre un rischio, un pericolo, una minaccia. Io possiedo. Sono proprietario del mio tempo, della mia casa, del mio conto in banca, dei miei affetti privilegiati, dei miei successi e non ho alcuna intenzione di dividerli con gli altri. "Dove c'è il tuo tesoro, là c'è il tuo cuore", dice il Vangelo. Dov'è il cuore dell'Occidente? Di che materia è fatto?

Lentamente e inesorabilmente, l'essere umano ha tramutato il polo del suo interesse. La vita non è più tesa al rapporto con l'altro, ma con le cose: l'oggetto da desiderare, il bene di cui si ha bisogno, la meta da raggiungere. La gratuità, che è alla base stessa della vita, non esiste più, e quando anche compare qua e là, come segno di testimonianza, è guardata con sospetto. Che cosa ci sarà sotto? Perché quel tale si comporta in quel modo? Ha qualcosa da scontare o forse vuole guadagnarsi il paradiso? Vuole forse disprezzarci, farci sentire inferiori?

Bisogna difendersi, tutelarsi con tutte le forze da questo virus che rischia di far saltare in aria tutte le nostre convinzioni, di sgretolare il senso delle nostre proprietà. Non c'è niente di più eversivo, ai giorni nostri, della gratuità. Niente di più cristiano.

Il desiderio rende l'uomo schiavo, diceva sempre mio padre, nella sua filosofia del non attaccamento. «Le cose esistono perché tu te ne serva, se ne hai bisogno, non perché tu passi il tuo tempo a correre loro dietro. I desideri hanno un'altra caratteristica. Appena uno è soddisfatto, ne compare subito un altro, come una sete che non si potrà mai spegnere.»

È di questa sete che è malato l'Occidente. Un'arsura che ha cancellato tutti gli altri slanci. Il desiderio di senso, di condivisione, di amore. Vivo tra i muri stabili delle mie certezze, dei miei possessi. Se uno straniero si affaccia alla porta, la chiudo, non voglio sguardi, volti, domande. Non penso all'istante della morte. Se lo facessi, probabilmente sostituirei le certezze con i dubbi, il possesso con l'abbandono. Se ci pensassi, avrei già lasciato la casa per la tenda, avrei accettato il dono della vita e il mistero della sua fragilità. Saprei allora che siamo tutti nomadi su questa terra e che la forza non viene dal chiudere le porte ma dallo spalancarle, dall'accogliere chi bussa alla precarietà del mio riparo.

# Conversione

*15 agosto*

Nelle ore più calde il paesaggio intorno alla mia casa sembra vittima di un sortilegio. Ogni cosa è perfettamente immobile: i cani, i conigli, i gatti, i cavalli, le capre stanno tutti raccolti, rannicchiati nelle zone d'ombra. Solo le bambine osano sfidare il caldo. Armate di costumi e maschere, si tuffano nella minuscola piscina gonfiabile. Dopo giorni di assalti, l'acqua è ormai sporca di fango, foglie e insetti morti, ma a loro non importa. «Ah, ci fosse una piscina anche per noi...» sospirano gli adulti, accasciati nelle poltroncine di vimini sotto il portico.

Soltanto al crepuscolo la vita in fattoria si rianima. Cominciano le feroci e rumorosissime partite a calcetto e i giochi con le nipotine a base di: Facciamo finta che...

Facciamo finta che l'innocenza torni nei cuori, che gli sguardi si illuminino di nuovo. Facciamo finta che tornino dentro di noi lo stupore e la meraviglia, che, al posto del disprezzo, venga la misericordia. Facciamo finta che la virtù e non la negligenza sia la strada più battuta. Facciamo finta che l'uomo non si senta più un pupazzo senz'anima, prigioniero di un deserto, né un *robot* programmato a seguire la schiavitù molecolare dell'acido desossiribonucleico! Facciamo finta che l'essere umano sappia ribellarsi alla claustrofobia cinica del suo tempo per aprirsi alla gioia, alla libertà interiore, alla creatività dell'amore che, umilmente e in silenzio, vivono nascosti nel suo cuore. Facciamo finta che l'orgoglio – che mummifica le nostre vite – si frantumi come lo stampo in cui vengono forgiate le campane e che il loro suono – il rintocco della vita viva e compiuta – si diffonda contagioso intorno. Facciamo finta che l'uomo comprenda che, senza conversione, non può avere davanti a sé un grande futuro.

Ti ricordi quando abbiamo parlato delle parole forti? Ecco, conversione è la regina delle parole forti, quella che pochi hanno il coraggio di pronunciare e che in sé comprende tutte le altre.

Che cos'è la conversione? Non è, come molti pensano, un cambiamento di strada – quella che ho davanti non mi va più bene e così ne imbocco un'altra – ma di vista. Continuo a camminare sulla stessa strada ma vedo ciò che prima era invisibile, sento suoni ai quali prima ero sordo.

Alla base di ogni vera conversione non c'è la noia o il timore di un castigo, ma quel sentimento, ormai così raro e desueto, che si chiama pentimento. A un tratto, per azione della Grazia, dello Spirito, del dolore che, come un fermento, agisce nei giorni, mi rendo conto di aver vissuto con gli occhi chiusi, senza orecchie, con un cuore d'acciaio. Mi accorgo che ogni ora, ogni minuto, ogni secondo mi è stata offerta la pienezza del Regno. Sarebbe bastato guardare, sentire, allungare una mano. Ma avrei dovuto avere in me l'umiltà, la semplicità, il senso della meraviglia. Allora piango e le mie lacrime sono la stessa acqua del battesimo, acqua di rinascita. Piango per tutta la gioia di cui non ho goduto, per tutto l'amore che non ho dato, per quello che non ho voluto ricevere. Piango per la pazienza con cui il Regno ha atteso il mio sguardo. Piango perché lo sguardo esiste per la Luce e la Luce per lo sguardo. Non possono vivere uno senza l'altra. Piango perché pensavo che Gesù fosse una statua, una storia di duemila anni fa e invece, a un tratto, ho scoperto che Cristo vive dentro di me e in tutto ciò che mi circonda. Respiro nel respiro. Sguardo nello sguardo. Riconoscimento del volto e in ogni istante, qui e ora, costruzione del Regno.

# I bambini e la morte

*22 agosto*

Le upupe si stanno radunando per far ritorno in Africa. Il prato è giallo, sfinito dall'estate. Le cimici hanno cominciato il loro attacco alle piante di pomodoro. Anche le mie nipotine stanno ormai volando verso il loro Paese lontano. Nei giorni che hanno preceduto la partenza il loro umore è improvvisamente precipitato. Niente più risate e corse. Al loro posto musi, silenzi improvvisi, pianti consumati in qualche angolo del giardino. La più grande ha passato il suo tempo ad accarezzare gli animali. È il suo modo di salutarli. Ha sempre paura che qualcuno di loro possa morire mentre lei è lontana e si premunisce con questi interminabili riti di abbracci e baci. Nei lunghi mesi d'inverno, ad ogni telefonata domenicale, non manca mai di chiedere: «Tutto bene?». Solo quando rispondo: «Tutto bene» si rasserena.

La stagione passata è stata una delle migliori, soltanto due grandi carpe giapponesi se ne sono andate nei "laghetti celesti". All'inizio aveva paura che le mentissi, che le dicessi che tutto era a posto quando invece non lo era. Ma adesso si fida, sa che le dico sempre la verità, che non rimuovo la morte né la temo come argomento.

Ricordo quanto, da bambina, mi inquietassero il silenzio e l'ambiguità dei grandi su questo argomento. Sentivo la morte intorno a me con straordinaria potenza ma non avevo nessuno con cui parlarne, intuivo la complementarità, la continuità e la contiguità della vita e della morte e percepivo che, in questa contiguità, era racchiuso il senso di ogni gesto. Non pensavo alla morte come a una fine oscura e ineluttabile, ma il silenzio degli adulti non era altro che un modo per farmelo credere. A questa sofferenza ho accennato, se ti ricordi, in *Va' dove ti porta il cuore*, raccontando la storia del cane Argo e della sua morte tenuta nascosta alla piccola Olga, con tutte le lacerazioni e i sensi di colpa conseguenti.

Per questo, ne parlo sempre con grande onestà ai miei nipoti e a tutti i bambini: «Il corpo dorme e l'anima va in cielo. Un giorno ci ritroveremo tutti lassù e vivremo per sempre nella gioia». La sera, spesso, ci sdraiamo sull'erba e guardiamo le stelle. Il concerto assordante dei grilli viene continuamente interrotto dalle loro vocette. «Sì, ecco, lassù, su quella stella! Ho visto il nonno, sorrideva e fumava la pipa!» «Guarda, zia! Un po' più in là, c'è il gatto Settembre! Muove la coda e fa le fusa.» Questi "avvistamenti" continuano anche a Hong Kong e mi vengono comunicati al telefono. «Mi sono svegliata nel cuore della notte e sai chi ho visto sul davanzale? Il coniglio Tobia! Era sceso dalla sua stella per darmi un bacio!»

Ti racconto queste cose perché tempo fa, su uno dei più diffusi settimanali italiani, ho letto i consigli dati da una nota psicologa a certi genitori che chiedevano quale comportamento tenere coi figli piccoli riguardo la probabile scomparsa dei nonni. "Mi raccomando", scriveva, "non dite mai a un bambino che il nonno è andato in cielo o che c'è ancora da qualche parte, solo che non si vede, perché lo gettereste in uno stato di ansia e di terrore. Raccontategli piuttosto in che modo si svolgeranno i funerali, chi si occuperà della sepoltura e ogni lato concreto della questione. Questo lo abituerà a restare ancorato alla realtà e a superare il lutto."

Quando dico che la nostra società sta marciando rapidamente verso l'assoluta follia, non faccio grandi sforzi per trovarne conferma. Negare il mistero della morte vuol dire, ovviamente, negare il mistero della vita. Vivere, allora, cos'è? Seguire diligentemente un programma? Quello del mio codice genetico, della famiglia, della società in cui il caso, nella sua infinita e pasticciona fatalità, mi ha fatto nascere? Vuol dire che tutto allora è già scritto e ha una sola dimensione? Che il mio destino non è diverso da quello di un asino che gira intorno alla mola, senza poter mai alzare gli occhi da terra? Ma se poi, per caso, mi capita di sollevare lo sguardo e vedere il cielo che non sapevo che esistesse, cosa dovrei fare di quest'ansia che sicuramente mi invaderà? Niente paura. Ci sono decine di pillole e di terapie in grado di curarmi, di riportarmi con i piedi per terra.

Conservo ancora il bigliettino consegnatomi dalla mia madrina di battesimo, ormai novantenne, poco prima di morire. Aveva avuto tre figli ed erano morti tutti: il primo in Russia, il secondo, andando a cercare il fratello e il terzo, ancora minorenne, colpito da una pallottola vagante negli ultimi giorni di guerra. Tre figli, tre croci. Eppure nel suo sguardo non ho mai letto rabbia, imprecazioni, chiusura, piuttosto una serenità luminosa, aperta all'accoglienza del dolore. *Tra poco sarò una nuvoletta* mi aveva scritto con grafia tremolante, *e tre nuvolette subito mi correranno accanto. Tutta la mia vita non è stata che questo, l'attesa gioiosa del nostro nuovo incontro.*

## Crescere è rischiare

*29 agosto*

Hai trascorso le ultime settimane a studiare per l'esame di ammissione e adesso, naturalmente, ti sembra di non ricordare niente. *Sento che fallirò*, mi scrivi, *e dietro questo fallimento non riesco a vedere alcun futuro. Finirò per fare quello che ho sempre detestato: la praticante in uno studio di commercialista e poi, quando già avrò i capelli grigi, proprietaria di un ufficio tutto mio, mi verrà l'ulcera, ma socialmente avrò quella da sempre sognata dai miei genitori, la buona posizione. Solo allora mi renderò conto che avrei dovuto ribellarmi fin dall'inizio, dire loro subito: Non ho alcun interesse per l'economia né per il commercio, perché dovrei perdere tutto questo tempo? Per farvi felici? Ma la felicità dei genitori non dovrebbe essere subordinata a quella dei figli?*

Ribellarsi! Parola importante, pericolosa, necessaria. Senza ribellione, infatti, non c'è costruzione vera, autonoma, della propria vita. Ma questa ribellione, però, se non contiene in sé la ricerca del senso, può diventare anche uno scivolo che ci porta sempre più in basso, più lontani dalla nostra realizzazione. Molti genitori, purtroppo, per un malinteso istinto di protezione o per ambizioni frustrate, tracciano dei "binari protetti" per il futuro dei loro figli. È difficile sfuggire a questo vincolo, soprattutto quando è sostenuto non dalle minacce e dalla violenza, ma dalla persuasione amorevole. Amorevole, dico, ma non suggerita da vero amore. Perché l'amore vero, nel rapporto con un figlio come con qualsiasi essere umano, rispetta sempre la libertà e accetta il rischio racchiuso in questa libertà. L'amore che decide per l'altro è un amore egoista, immaturo. Un amore di rendiconti, che teme il fallimento. È un vincolo che, a sua volta, genera amori piccoli, da serra, amori-bonsai.

La persuasione amorevole, unita alla comodità e al desiderio di quieto vivere, anestetizzano ogni senso di ribellione. Certo, al momento di iscriverti all'università avresti potuto ribellarti, ma all'epoca, probabilmente, i pro erano più dei contro. Avresti fatto felice tuo padre, evitando discussioni spiacevoli e screzi, ci sarebbe stata una macchina in regalo e, appena laureata, sicuramente un amico di tuo padre ti avrebbe presa nel suo studio per avviarti alla professione. Con il mondo di pescecani che c'è fuori, perché rinunciare a tutto questo? E in nome di che cosa, poi?

Ricordi la parabola del figliol prodigo nel Vangelo? Il figlio maggiore resta a casa, non per amore, ma per le tue stesse ragioni. L'amarezza lo assale più tardi, non appena si rende conto che il suo sacrificio non è servito a nulla. Tornando dai suoi viaggi, il fratello minore riceve dal padre un trattamento migliore di quello destinato a lui. Questa delusione, accompagnata dal rimpianto, può trasformarsi sia nel veleno che annienta i nostri giorni che nel lievito che li fa innalzare verso una dimensione diversa.

Quando hai deciso di iscriverti alla scuola per fisioterapisti, hai accolto l'inquietudine come fermento. Perché adesso sei tentata di fare marcia indietro? Devi combattere questa tentazione di sederti. Chi soffia dentro di te queste incertezze non è un amico della tua crescita. Devi renderti conto che, più tu ti avvicini alla realizzazione del tuo cammino, più sentirai voci e vocette che ti suggeriranno di lasciare perdere. All'interno del nostro corpo, in ogni istante, avvengono migliaia, probabilmente milioni, di processi chimici, quando si interrompono, non c'è più vita. Perché è così difficile accettare lo stesso principio per la nostra vita interiore?

Tutta la nostra esistenza è un continuo processo di trasformazione che agisce su due fronti: dentro e fuori di noi. A questo punto devi farti una domanda fondamentale. Da cosa, da chi è governato questo processo? È davvero il caso il signore dei nostri giorni? Se così è, facciamo bene a chiuderci, a proteggerci, a creare dei percorsi privilegiati per arrivare, col minor danno possibile, alla fine della nostra esistenza.

Ma se invece del caso, dietro le quinte, agisse la provvidenza? Se la parola chiave non fosse "proteggersi" ma "accogliere"? Accettare la sfida, l'imprevisto, il rischio, l'incontro con l'altro, ma anche il fallimento, la caduta, il male. Quel male e quel fallimento così difficili da accettare, eppure così dolorosamente necessari per il dinamismo della nostra crescita interiore.

# Il pesce marcio e la maionese

*5 settembre*

L'esame è fatto e ora non resta che attendere il risultato. Sono i giorni peggiori, lo so. Naturalmente ti sembra di aver risposto malissimo, ma questo potrebbe essere un buon segno. Pur avendo sempre invidiato le persone sicure, categoria alla quale purtroppo non appartengo, sono tuttavia convinta che l'insicurezza abbia anche una sua valenza positiva. Quando non è patologica, è un po' come uno spiraglio sempre aperto nella nostra personalità, ci permette di accogliere suggerimenti e critiche, di vedere le nostre azioni con gli occhi dell'altro, senza pretendere di avere in mano la soluzione perfetta del problema.

Già da bambina le persone spavalde mi mettevano in uno stato di inquieta soggezione. Ero certa che, non avendo nessuna delle loro qualità, la mia vita sarebbe stata un assoluto fallimento. La realtà è stata ben diversa. Pur mettendo il dubbio e la perplessità davanti a tutto, qualcosa in questi anni sono riuscita a costruire.

Dunque, non deprimerti troppo e soprattutto non ascoltare quella che abbiamo già chiamato "la tirannia dell'opinione pubblica". Lascia che inventino pillole contro la timidezza e l'insicurezza. Lasciali rimestare nel DNA alla ricerca della sequenza della fragilità o dell'ansia. Lascia pure che taglino e incollino i frammenti del codice genetico per costruire un uomo davvero felice.

Se hai deciso di percorrere il cammino interiore, tutte queste cose non ti riguardano. Sei tu il comandante e sei anche la barca da condurre in porto. Quando cominci la navigazione non sai che tipo di mare dovrai affrontare, potrà essere liscio come l'olio o attraversato da onde alte più del tuo stesso scafo, potrai vedere il sole e le stelle, o venire avvolta dalla tenebra mobile e violenta della tempesta. Sarai comunque e sempre sola. Non sarai in grado di girarti verso qualcuno e dire: spianami l'onda, o restituiscimi il sole.

È questa assoluta solitudine dell'uomo in ricerca – la totale mancanza di appigli e di sostegni – che viene costantemente negata dal mondo che ci circonda. Un certo interesse per le cose spirituali e per il miglioramento della propria vita psichica naturalmente è lecito, anzi, applaudito. Se l'ansia si può curare con le vibrazioni sciamaniche anziché con una pillola, perché non farlo? E perché non vincere l'insicurezza con un bel gruppo di terapia affettiva? Lì ti verrà dato quell'amore che i tuoi genitori ti hanno negato. In quelle sedute, verranno corretti i loro errori e finalmente potrai affrontare la vita con la personalità sicura che hai sempre sognato di avere.

Conosco persone che da anni seguono terapie analitiche e invece di assomigliare ai girasoli che, con gioiosa prepotenza si offrono alla luce, sono simili a piante attaccate dalla cuscuta, prigioniere, deboli, sfibrate, completamente avvolte su loro stesse. Conosco persone che si sono rovinate le ginocchia a furia di sforzarsi di stare sedute nella posizione del loto, convinte che quella pratica le avrebbe portate alla totale illuminazione, invece ha portato loro solo il conto dell'ortopedico. Conosco persone che passano ore a studiare le discipline orientali del corpo e poi, quando tornano a casa, fumano spinelli, senza essere sfiorate dal dubbio che ogni boccata annulla tutto ciò che, con tanta devozione mistica, hanno praticato. Conosco persone che hanno speso capitali per seguire ora questo ora quel guru, e la loro vita somiglia sempre più a quella dei naufraghi tra i rottami della nave, nuotano di qua e di là alla ricerca di un'asse a cui aggrapparsi. Tutte queste persone hanno accolto l'inquietudine come una dimensione mondana e, con mondanità, hanno cercato di rispondere.

Mondanità vuol dire superficialità. È un po' come coprire un pesce, che comincia ad andare a male, con la maionese. Com'è bello, con le sue onde giallo oro, con i suoi ciuffetti di prezzemolo intorno! Ma sotto? Chi mai potrà mangiarlo senza restarne intossicato?

Il cammino spirituale autentico non conosce il conforto della compagnia né il tepore della consolazione. È nudità, solitudine, asprezza, disperazione nella tempesta, senza fari all'orizzonte. È il legno della tua barca che affonda nel gorgo, il nulla che lo stritola assieme alle tue ossa. Ma questo nulla non è quello dei filosofi. Più lo affronterai, più scoprirai che è un nutrimento, una roccia. Quella roccia che da tempo cercavi per edificare la tua casa.

# La profondità delle viscere

*12 settembre*

Sei rimasta un po' turbata dalla mia ultima lettera. Avevi appena deciso di iscriverti a un corso di meditazione per tentare di mettere un po' di pace nella tua vita e, subito, ti ho riempita di incertezze.

*L'idea di affrontare un periodo di difficoltà e di solitudine mi ha veramente terrorizzato. E non solo, mi ha anche spinto a pormi una domanda, forse un po' brutale ma sincera: Chi me lo fa fare? In fondo, per quanto mi lamenti, la mia vita non va poi così male. Se mi andrà storto quest'esame, come hai detto tu, prima o poi troverò qualcos'altro da fare. Probabilmente mi innamorerò, la mia vita si assesterà in un alternarsi di alti e bassi, come tutte le altre. Che male c'è?*

Che male c'è? Assolutamente nessuno, ma perché restringere il campo, quando in noi c'è la possibilità di allargarlo? Che non vuol dire, come spesso si pensa in questi tempi, riempirlo di esperienze, di nozioni, di cose, ma piuttosto restringerlo, per poi espanderlo.

Era questo che avevamo stabilito fin dall'inizio, ricordi? Perché adattarsi alla mediocrità? Perché non intraprendere il cammino dell'uomo nobile, dell'uomo pio? E alla fine, anche se questa parola spaventa tutti, perché non scegliere la strada della santità? Non è questo forse l'unico vero compimento della nostra vita, quello che ci permette di introdurre la speranza, di immaginare un futuro diverso dal presente? Credi forse che la nostra terra, così malridotta, così carica di odio, di sangue, di vendette, così chiusa in una ragnatela di potere tecnologico e distruttivo, potrà guarire grazie ad altre rivoluzioni, grazie ad altre carneficine, magari più nobili? Credi che la morte generi amore, che la sopraffazione nel nome di un ideale più giusto, produca armonia? Quante tragedie da quando l'uomo, credendo il cielo vuoto, si è convinto che il paradiso vada attuato in questo mondo e che sono i più intelligenti, i più bravi, i più forti a doverlo instaurare, imponendolo agli altri. E quante tragedie anche prima, ogni volta che un gruppo di uomini ha creduto di possedere "l'esclusiva" su Dio.

C'è un detto giapponese che recita: Quando un bambino muore, i conoscenti soffrono con la testa, gli amici con il cuore, la madre con tutta la profondità delle sue viscere. Credo che in questa bella frase si celi una verità profonda. Sempre più spesso, infatti, mi trovo a pensare che non sono la testa o il cuore che dobbiamo attivare – li abbiamo, ahimè, attivati anche troppo e in modo sbagliato – ma proprio le viscere, questo termine che fa così orrore a noi occidentali, ellenisti, scolastici, cartesiani. La visceralità deve cominciare a esistere come assunzione di maternità e dunque di attenzione, di vigilanza amorosa verso la vita interiore e tutto ciò che ci circonda. Dobbiamo avere a modello la Madre che accoglie il Figlio e lo genera e, in tal modo, dà vita alla "Luce vera, quella che illumina ogni uomo". È questa Luce che dobbiamo lasciar vivere dentro di noi, accettare. È questa Luce che dobbiamo irradiare intorno a noi, inspirando ed espirando con un unico ritmo, quello dell'amore.

Naturalmente puoi rifiutare tutto questo o tenerlo in superficie in modo che non dia troppo fastidio, un po' come la maionese sul pesce. Puoi farne, insomma, una guarnizione o tutta la tua vita. Dipende ancora una volta dalle tue scelte, dal tuo coraggio, dal tuo voler affrontare il rischio e la sconfitta.

Dipende, anche, dall'umiltà e dall'orgoglio, dalla grazia di saper ascoltare il battito alla porta, quella porta dietro la quale Qualcuno bussa da sempre. Ringraziando il Cielo, tutte le vite sono diverse, ognuna ha la sua partitura. Ce ne sono di lente, di allegre con brio, di solenni.

Tu mi hai chiesto di parlarti con sincerità, senza ipocrisie e così ho fatto, secondo il mio temperamento che, nel bene e nel male, non conosce mezze misure. Sento l'urgenza dei tempi, la loro drammaticità. Avverto la priorità del rinascere. *Voi che dormite, svegliatevi!* È così che Santa Caterina concludeva le sue lettere.

# Diventare grandi

*20 settembre*

Sono appena tornata da Trieste, dove ho fatto una scappata per il compleanno della mia nipotina "italiana". Cinque anni e una grandissima voglia di crescere. Un giorno l'ho trovata seduta sul pavimento della sua stanzetta, un libro spalancato sulle ginocchia e un ditino puntato sull'inforcatura degli occhiali. «Che cosa fai?» le ho chiesto. «Studio per diventare grande.»

Mentre il treno sferragliava veloce tra i contrafforti del Carso, ho ripensato all'ingenua potenza delle sue parole. Quanti di noi non vengono mai sfiorati da questo saggio proposito e quanti, in questo studio, si fermano soddisfatti alle prime lettere convinti di sapere già tutto l'alfabeto. E per quante persone poi il sapere si trasforma in una scatola sempre più grande nella quale rinchiudersi o in un microscopio, col quale osservare sempre lo stesso centimetro di vetro.

Quanto sapere e quanta poca Sapienza contiene il mondo che ci circonda! Tutti sanno come procurarsi il primo, basta aprire dei libri e memorizzarne il contenuto ma, per arrivare alla Sapienza, la strada è molto più ardua. "Le mie viscere si commossero nel ricercarla. Per questo acquistai il suo prezioso possesso", recita il *Siracide* (51,21). Abbiamo appena parlato delle viscere, ed ecco che ricompaiono. Ancora una volta sono loro che devono avere sete e fame. Sete di Luce, fame di Verità. Rifletti su queste due righe. Non c'è scritto: si entusiasmarono, si intestardirono, si eccitarono, ma "si commossero".

Ricordi quando abbiamo parlato della preghiera? Anche la preghiera scaturisce da un moto emotivo. La commozione va alle radici dell'essere e lo stravolge, proiettandolo in una dimensione fisiologicamente diversa. Tutto mi appartiene e mi coinvolge. Ogni cosa mi tocca nel profondo della mia umanità, quel punto in cui divento straniero a me stesso e mi trasformo nel mistero che contempla il mistero e che, contemplandolo, lo accoglie.

Commozione e preghiera sono due facce della stessa medaglia, la commozione mi fa pregare, la preghiera mi commuove. E questo movimento non è sentimentale, di abbandono, di infantilismo, ma di estrema forza, di influenza duratura sulla realtà.

Se mi avessero detto, quando avevo la tua età, che era la preghiera a sostenere il mondo, probabilmente avrei alzato le spalle, incredula. Ora so che è così. È questa benedizione continua e invisibile a sorreggere tutto ciò che ci circonda, a modificarlo.

Ricordi le parole di Giovanni? "Non ti meravigliare se ti ho detto: dovete rinascere dall'alto (3,7)." Capisci? Si viene al mondo dalla carne ma poi si deve nascere un'altra volta. E questa nascita per acqua e Spirito – attraverso il battesimo – non è un evento relegato all'età della nostra incoscienza ma a qualcosa che deve accadere ogni giorno, in ogni istante, ad ogni respiro, perché nella finitezza del tempo io possa inserire il seme del Regno.

È questo seme che deve diventare germoglio, pianta, albero. È di questo futuro frutto che devi avere cura, se vuoi una vita vera. Curandolo, piano piano sentirai nascere dentro di te una dimensione diversa, alla quale probabilmente, all'inizio, non saprai che nome dare perché non somiglierà a nessun'altra. Come in un caleidoscopio, dove i pezzi di vetro girando cambiano continuamente le figure, ti sembrerà di provare felicità e leggerezza, struggimento e dolore, solitudine e disperazione. Questi stati d'animo saranno continuamente vivi e presenti dentro di te, ma non ti modificheranno, non ti faranno deviare, perché ormai la tua casa sarà costruita sulla roccia. Un giorno ti sveglierai e, aprendo gli occhi, ti renderai conto che dentro di te vive finalmente la pace – non come l'avevi a lungo immaginata e desiderata, la quiete che dà il mondo – ma una pace diversa, quella della costante rinascita. La pace della Pasqua.

# La rivoluzione del cuore

*27 settembre*

È giunto il tempo della separazione. Torna l'autunno e, con l'autunno, i nuovi impegni che dovremo affrontare.

In questo anno che, almeno per me, è volato, abbiamo fatto un bel pezzo di strada insieme. Mentre noi camminavamo piano, parlando dell'anima, il mondo intorno a noi ribolliva e fischiava come una pentola a pressione pronta ad esplodere. Ti può aver turbato. A volte, forse, ti sarà sembrata una fuga dalle responsabilità, un chiudersi in un paradiso di belle parole e di buoni sentimenti per sfuggire all'orrore che ci circonda.

È vero, la nostra terra gronda sangue. Sangue dell'uomo sull'uomo e quello, meno visibile, ma non meno ferocemente folle, che noi stessi compiamo sul creato che ci è stato affidato. Mentre una piccola parte di persone si contorna di oggetti sempre più inutili, consumando le risorse di tutti e inondando il mondo di rifiuti, scompaiono le lucciole e le talpe, si inaridiscono i prati e le foreste, si avvelenano i mari e i fiumi e muoiono di malattie e di fame tutti coloro che non sono in grado di partecipare al banchetto. Che senso ha allora parlare dei propri moti interiori? Non è un perdere tempo, un praticare una forma di egoismo inaccettabile?

Il millennio di pace che ci avevano prospettato si è aperto con scenari più vicini all'apocalisse che a una nuova età dell'oro. Rabbia, odio, orgoglio, difesa, vendetta sono parole sulla bocca di molti e non sono parole innocenti. Sono parole-steccato, parole-arma, parole-paura. Parole che trasformano la vita di chi le pronuncia in qualcosa di minuscolo, non molto diverso dallo stabulario di cui ti ho scritto nella prima lettera. Questo spazio è mio, questa mangiatoia mi appartiene e sono disposto a usare le unghie e i denti pur di impedire l'ingresso a uno straniero. In tempi così duri, è facile rattrappirsi in un'esistenza di paura e di attacco, com'è altrettanto facile ascoltare le sirene, purtroppo sempre vive, del senso di colpa. Il mondo va male e io me ne sento responsabile, decido quindi di oppormi, sposando un'ideologia in contrasto con quella dominante. Vado alle manifestazioni, partecipo ai dibattiti, magari mi dipingo anche la faccia per fare capire il mio dissenso.

Tutte cose naturalmente giuste, perché l'indifferenza al male è forse peggiore del male stesso, ma sono scelte che possono trasformarsi in pericolose scorciatoie. Mi schiero con i giusti contro gli ingiusti, con i buoni contro i cattivi. Di conseguenza tutto quello che faccio è automaticamente buono, automaticamente giusto. Ma è davvero così?

Ricordi l'ultima pagina di *Va' dove ti porta il cuore?* "Ogni volta in cui, crescendo, avrai voglia di cambiare le cose sbagliate in cose giuste, ricordati che la prima rivoluzione da fare è quella dentro se stessi, la prima e la più importante. Lottare per un'idea senza avere un'idea di sé è una delle cose più pericolose che si possano fare." Sposare un'ideologia placa i miei sensi di colpa e mi fa sentire a posto con la coscienza, ma manifestare il proprio dissenso esteriormente, senza mutare nulla della propria vita, è ancora una volta uno stabulario.

La strada della pace non nasce dall'opporsi ma dal mettersi in cammino. Solo nel momento in cui decido di attraversare le tenebre del mio cuore, posso affrontare la profondità del cambiamento perché, a un tratto, scopro che il male non è al di là della barricata, in un nemico visibile, ma è in me, respira con me, si muove in me, dorme e si sveglia con me. Allora non posso urlare *slogan*, inseguirlo, tirargli sassi.

Per snidare il male dal cuore si deve usare il bene. Non l'idea del bene – quello filosofico, etico – ma il bene che discende dall'alto. Il bene-scintilla, il bene-compimento nascosto nelle profondità delle nostre viscere.

Ogni trasformazione è un movimento che va dall'interno verso l'esterno. Se riesco a modificarmi in profondità, cambia anche il mondo che mi circonda. Se muto solo le parole, le idee, gli abiti mentali, intorno a me tutto resta come prima. Per compiersi, la storia attende la redenzione dei cuori.

È questa la ragione per cui abbiamo parlato sempre di quello che ci succedeva dentro e mai di quello che accadeva fuori. Non sono entrati, nelle nostre lettere, le guerre e gli attentati, le devastazioni e le sopraffazioni, non perché non mi abbiano toccato o ferito, anzi, ma perché non era giunto il momento di affrontarli. Abbiamo lavorato sul cuore e sulle viscere, per far nascere un senso di stupore e di vigilanza.

Per non lasciarsi trascinare dalla corrente e non farsi risucchiare dalla banalità del male, bisogna controllare i pensieri e i sentimenti come un pastore che, la sera, fa rientrare il gregge nella stalla. Per evitare la paralisi della noia, del cinismo e le inevitabili depressioni che ne conseguono, è necessario vivere secondo il principio della curiosità e della meraviglia. Curiosità per ciò che accade e che non è mai ovvio, meraviglia per la creatività di tutto quello che ci circonda.

Il cammino interiore è simile al lavoro che una volta facevano gli uomini per accendere il fuoco. Si batte e ribatte una pietra contro l'altra, senza stancarsi, finché scocca la scintilla. Per nascere il fuoco ha bisogno del legno ma per divampare deve aspettare il vento. Cerca dunque sempre il fuoco nella tua vita, attendi il vento, perché senza il fuoco – il fuoco dell'Amore – e senza il vento – il vento dello Spirito – i nostri giorni non sono molto diversi da una mediocre prigionia.

# Indice